3984

Z.2252.
B.2.

ŒUVRES

COMPLETTES

DE M. DE CHEVRIER:

TOME SECOND.

ŒUVRES

COMPLETES

DE ...

TOME SECOND

AMUSEMENTS
DES DAMES.
LES TROIS C.
CONTE.

JE M'Y ATTENDOIS BIEN.

MEMOIRES
D'UNE
HONNETE FEMME.
TOME SECOND.

A LONDRES.

Chez l'éternel JEAN NOURSE.

M. DCC. LXXIV.

ÉPITRE
DEDICATOIRE

A Monſieur Jean – Henri Maubert, dit Gouveſt, retiré incognito à Francfort, ſous le nom de M. Martin.

VOici encore une épitre dédicatoire que je vous adreſſe,
M. c'eſt ma coutume de célébrer
ceux qui s'illuſtrent ſous des noms
modeſtes ; rien n'annoncé mieux
la ſimplicité de votre premier état,
que le nouveau nom que vous venez
de prendre pour faire votre cour
aux *Luthériens* de Francfort, qui le
reſpectent, parce que leur fondateur le porta. L'habitude où vous
êtes de changer de titres & de religion dans les pays où les intérêts
des princes, & l'équilibre de l'Europe, conduiſent votre auguſte perſonne, me fait eſpérer que dans le

Tome II.   A

voyage que vous méditez de faire à *Prague*, vous retournerez pour la quatrieme fois à l'églife catholique, fous le nom du bienheureux *Jean-Népomucéne*, dont vous n'avez pas tout-à-fait la difcrétion ; quoi qu'il en arrive, je vous promets folem-nellement, en face des **D**ames de **B***, que vous avez fi fouvent édifiées par votre conduite & par vos doctes écrits, de vous dédier un livre à chaque nouveau nom que vous prendrez. Tremblez, lecteurs intrépides, je vous annonce ici une Iliade de volumes ; car le héros à qui ce livre eft offert, eft un mortel inconftant qui change de nom com-me une petite - maîtreffe change d'amant (1). D'ailleurs, Monfieur,

---

(1) Ceux qui en douteroient, reviendroient de leur erreur, en apprenant que, né en 1720, fous le nom de François-Louis Maubert, notre héros fe fit capucin, fit fes derniers vœux, & reçut le foudiaconat fous le titre de frere *Bernard* ; qu'à Paris en 1741, l'année de fa premie-

en vous dédiant ce livre, je remplis les vœux du chevalier de Ch * * *, qui recommanda en mourant que l'éditeur de cet ouvrage le fit paroître sous les auspices de votre excellence subalterne. Il m'est doux de remplir à la fois les vœux de l'amitié & de la reconnoissance.

Vous avez été protégé ; vous avez mangé avec les demi-dieux ; *Marignan* a eu l'honneur de s'asseoir à la même table ; que cela signifie-t-il ? que l'ennui qui assassine les grands, incapables de trouver en eux des ressources qui les amusent, a fait deux ingrats : vous avez bassement abusé des faveurs que l'autorité surprise vous

---

re apostasie, il se fit appeler *Imbert Racourt*; qu'à Strasbourg il prit le nom de *Georges Rolin de St. Quentin*; à Dresde celui de *Gouvest*; à Lausanne celui de Jean-Henri Maubert; à Valenciennes & à Cambrai celui de M. *André*, & enfin aujourd'hui à Francfort celui de *Martin*, aspirant pour de l'argent à se rendre digne de Professer le Luthéranisme.

iv *EPITRE DEDICATOIRE.*
prodiguoit, & monsieur *Arlequin*,
scélérat, presque aussi detestable
que vous ; a fini par un double vol
dont *Marseille*, où ce maraut gît
aujourd'hui, va lui donner la re-
compense que je lui ai promise dans
le quatrieme cahier de *l'Observa-*
teur des spectacles. Je vous félicite
d'avance sur la même distinction
que vous mériterez dans peu : la
Chaîne de Marseille est le *Cordon*
de votre ordre ; mais je m'apperçois, Monsieur, que je fais gémir
votre modestie, & je finis en vous
assurant que personne au monde
n'est moins que moi votre serviteur,

L'Auteur du Colporteur.

AVERTISSEMENT
DE
L'ÉDITEUR.

*J*Amais je n'aurois cru faire voir le jour à cette brochure, mais une Dame du premier nom, pour laquelle j'ai une vénération qui égale mon estime, ayant été informée que le chevalier de Ch * * * m'avoit envoyé, quelques mois avant, sa mort, un manuscrit intitulé: les Amusements des Dames de B * * *, exigea que je le rendisse public, & c'est apparemment d'après le grand succès du Colporteur, que tout le monde l'a demandé avec un empressement qui pourroit bien diminuer à la lecture, causer de l'en‑

nui aux curieux ; & faire repentir
ceux qui depuis trois mois cherchent
par-tout l'ouvrage posthume du chevalier de Ch***.

Je ne m'annoncerai pas ici comme le Dom Quichotte de cette histoire ; le public l'a payé assez chere-
ment pour avoir le droit d'en dire
du mal ; je n'ai dans cette occasion
que le mérite d'avoir fait imprimer
l'ouvrage de mon ami, de toucher
l'argent qui doit en revenir, &
que je me propose d'employer con-
formément aux intentions du fondateur.

Ainsi, ce livre & ce qui doit en
résulter, n'ayant rien que de loua-
ble, j'ai lieu d'espérer que tout le
monde sera content ; j'excepte toutefois cette espece de libraires qu'on

nomme, en termes de l'art, Marons,
ce qui revient au mot de Contrefac-
teurs , gens avides dont la Hollande & la France pullulent.

L'Avis qui va fuivre empêchera
ces Meffieurs d'aller plus loin , du
moins quant à préfent.

A 4

AVIS.

CET ouvrage aura *deux suites* (1) qui seront distribuées *gratis* à tous ceux dont on aura pris le nom , ou qui rapporteront un exemplaire de celui-ci ; & pour empêcher les inconveniens fréquents qui naissent des éditions furtives, on déclare qu'on ne reconnoîtra pour exemplaire avoués que ceux qui seront signés de la sorte.

Le Colporteur.

---

(1) La premiere sera intitulée *les trois* C. Conte Métaphysique , la derniere aura pour titre *je m'y attendois bien* , histoire Bavarde ; elles se suivront successivement.

LES AMUSEMENTS

DES

DAMES

DE B✱✱✱.

HISTOIRE HONNETE ET PRESQUE EDIFIANTE.

INTRODUCTION.

L E baron de *Pollnitz* , qui ,
dans ses fastidieux *Mémoi-*
res , ne dit du bien que des
cours où il a reçu des pré-
sents , & des villes dans lesquelles on l'a regalé , s'explique ainsi
en parlant de B✱✱✱.

„La noblesse de ce pays-ci est extrê-
,, mement hautaine , il y a des maisons

A 5

,, qui font réellement de grande qualité,
,, mais il y en a une infinité qui , avec
,, des titres fort pompeux , auroient
,, bien de la peine à prouver leur no-
,, bleffe. A les entendre , ils ont tous
,, été jadis comtes de *Hainaut* , de
,, *Flandres* ; ducs de *Brabant* , de *Guel-*
,, *dres* , & ainfi du refte.........*Aller*
,, *à Vienne,* difent-ils, *faire la cour à*
,, *l'empereur ? Et fi donc ; on s'y ennuie à*
,, *mourir ; les Allemands ont des manie-*
,, *res fi différentes des nôtres , leur fervice*
,, *eft fi rude ? fe confiner dans cette Hon-*
,, *grie , ne nous en parlez pas , on n'y*
,, *vois pas une ame .*Ces Meffieurs, après
,, tout , ont raifon ; plufieurs , parmi
,, eux , fans avoir jamais fervi l'empe-
,, reur , & peut-être fans l'avoir jamais
,, vu , font parvenus à avoir des régi-
,, ments , des gouvernements & les em-
,, plois les plus diftingués dans les pays-
,, bas......... La noblefte n'étant pas au-
,, trement riche , vit avec beaucoup d'é-
,, conomie dans le particulier ; il eft
,, très-rare qu'ils invitent à manger , &
,, aucun ne tient table ; cependant il y
,, a ici plus d'équipages à manteau du-
,, cal , que dans Vienne même ; tous ces
,, ducs & ces princes faits par les rois

„ d'Espagne, ne prenoient autrefois
„ que le titre d'*Excellence* & de *Mon-*
„ *fieur* ; on les appelle aujourd'hui *mon*
„ *prince* ; ils voudroient fort qu'on les
„ appelât *Alteffes*, & ils tâchent d'u-
„ furper ce titre que leurs domestiques
„ & bien des pauvres gentils - hommes
„ leur donnent en l'entrelardant de
„ beaucoup de *Monseigneur*......... Il y
„ a une comédie horrible représentée
„ fur un très-beau théatre „.

Au spectacle près, qui ne vaut pas
mieux aujourd'hui que du temps du baron Allemand, B*** est très-différent
du portrait qu'il en fait ; il est vrai que
depuis la mort de *Lucullus*, & l'abfence de *Menon*, on n'y mange plus ;
mais pourquoi condamner cette tempérance ? La fobriété n'est un vice qu'aux
yeux des parafites, & je fais bon gré à
tous ces Meffieurs au *Manteau herminé*
de préférer leurs titres & l'honneur qui
en réfulte, au frivole avantage d'avoir
un cuifinier, & d'entendre dire ; *en*
mange divinement chez le duc.... Le prin-
ce un tel fait au parfait les honneurs de fa
table ; où menent ces propos ? A fe faire
célébrer deux fois la femaine par un
avide gazetier qui, pour quatre efcalins,

A 6

va d'écrire une table de 50 couverts,
en fer à cheval, fur laquelle on a fervi,
comme cela fe pratique, *avec autant de*
profufion que de délicateffe tout ce que la
faifon peut fournir de plus excellent ; *&*
les conviés font fortis en louant excellem-
ment *la politeffe & la magnificence de fon*
excellence.

Ce font là de ces repas poëtiques imaginés pour tromper la cour, féduire le
peuple, & briller aux yeux de la province.

Il y a cependant des exceptions à faire
dans cette vie monaftique, & lorfque
les troupes de *Trajan* traverferent les
états de *Semiramis* pour aller combattre
les *Albioniens*, le *Lieutenant* de cette
princeffe, qui a toute la politeffe & les
manieres d'un Gaulois, fit très-bien les
honneurs de la ville qu'il gouverne,
& fon urbanité effaça les impreffions dé-
fagréables que ces militaires étrangers
avoient conçues dans un autre quartier
de la ville : mais en voilà affez fur cet
objet, & parlons maintenant de ce qui
doit amufer le beau fexe de B***.

Il faut encore, avant d'en venir là,
dire un mot de cette ville à laquelle
l'appétit dévorant du baron Allemand
rendit peu de juftice.

B*** eft une ville à qui tous les aventuriers donnent la préférence ; elle en
fourmille dans tous les temps ; des femmes honnêtes, & des ufuriers qui ne
le font pas, en ont fouvent été les trif-
tes victimes ; le gouvernement févit,
mais fes placards n'empêchent pas que
des chevaliers fans croix, des abbés fans
bénéfices ne viennent y jouer les feigneurs & y finger la prélature ; les lettres & les arts y font en vénération, il
n'y manque que des connoiffeurs, des
favants & des artiftes ; ce n'eft pas qu'il
n'y ait à B*** des perfonnes de goût,
en état d'apprécier le mérite d'un ouvrage d'efprit ; mais le nombre en eft petit,
malgré les prétentions de *Germanicus*
dont la manie eft de décider defpotique-
ment de toutes les productions du
génie, parce qu'il croit que la mémoire
tient lieu de goût & les anecdotes
de fcience. (1)

Il y a même quelques femmes en état
de décider de la valeur d'un livre ; mais
celles qui y prétendent en font fort éloi-

---

(1) Il faut excepter auffi ALEXANDRE, protec-
teur de tous les arts, parce qu'il les connoît & les
aime.

gnées. *Petronille* & *Silviane* font de l'efprit , parce qu'il faut faire quelque chofe , quand on n'a pas la main affez jolie pour tenir la *Navette* : elles ont même dans les pays étrangers des agents
littéraires qui leur envoient toutes les
nouveautés que le défœuvrement & la
critique produifent , pour l'amufement
des honnêtes gens , l'ennui des fots &
le malheur des Caillettes ; mais les deux
merveilleufes que je viens de citer, lifent
par air , & parce qu'elles ont entendu
dire qu'on lifoit dans les pays où le ton
de la bonne compagnie regne ; elles font
d'ailleurs d'un *bon caractere,* éloge ftérile
que la complaifance a imaginé pour la
confolation des femmes qui ont le malheur de n'être pasbelles; enfin elles portent la délicateffe du fentiment jufqu'à
s'eftimer toutes deux ; ceux qui les connoiffent difent qu'elles font bien , peut-
être en trouvera-t-on la raifon dans

LES
AMUSEMENTS
DES
DAMES DE B***.

Quoi ! c'eft vous, petit Comte, s'é-
cria le gros marquis, qui, fe promenant au parc en *chenille*, rencontra un
de fes amis dans le même équipage ;
comment vont les plaifirs ? as-tu toujours la divine *Hortenfe* ? Tu n'y penfes
pas, Marquis, Hortenfe n'eft point de
ces femmes qu'on puiffe avoir ; elle fe.
pique de fentiments ; d'ailleurs elle a
des mœurs ... Comme nous en avons
tous, répondit le Marquis : va, mon
pauvre ami, perfonne n'eft la dupe du
ton qui domine aujourd'hui ; il eft par-
tout le même à quelques nuances près ;
& pour te parler vrai, nous fommes
d'illuftres frippons. Il eft fingulier, reprit le Comte, que tu penfes ainfi des
hommes. C'eft que je les connois, ré-

pondit le gros Marquis ; plus on pafle
des mœurs , plus on eft corrompu ; jamais on a tant mis de décence dans
les propos , & moins dans la conduite ;
il femble qu'on ait renoncé à tous les
préjugés ; les femmes mêmes nous donnent l'exemple de la licence la plus
grande. Ah ! Marquis , dit le comte , je
te demande grace pour elles ; je fais ,
reprit fon ami , que tu es le partifan
des femmes , c'eft-à-dire, leur dupe ;
car on ne peut les aimer fans être leurs
victimes ; & , comme je veux te perfuader par des exemples , plaçons-nous fur
ce banc , & fais la plus grande attention
à ce que je vais te dire ; c'eft une galerie de tableaux peints d'après nature
que je vais faire paffer fous tes yeux ;
écoute & deviens raifonnable , c'eft le
feul moyen de connoître les femmes ,
c'eft-à-dire, d'en aimer peu , d'en méprifer beaucoup & de n'en eftimer aucune.

Ah! voilà , par exemple , répondit
le Comte , des paradoxes revoltants
auxquels on ne s'attend point ; qu'on
aime peu de femmes , c'eft peut-être
un bonheur ; qu'on en méprife beaucoup c'eft une erreur ; qu'on n'en ef-

time aucune, c'eſt une injuſtice qui dégrade celui qui la commet... *Une injuſtice qui dégrade?* reprit le Marquis,
mais ſais-tu bien que voilà de grands
mots? je ſuis d'autant plus étonné de
te les entendre prononcer, que je ſais
que c'eſt *Léonore*, qui t'a mis dans le
monde ; tu juges auſſi fauſſement, Marquis, de Léonore, que tu jugeois tout-
à-l'heure d'Hortenſe ; je les connois
l'une & l'autre, & puis c'eſt tout ; &
je te proteſte que je ne leur dois point ce
que nous appelons entre nous de la *reconnoiſſance* ; tu deviens diſcret, repliqua le Marquis, & tu as raiſon ; il
faut l'être aujourd'hui, moins par égard
pour les femmes, que par ménagement
pour ſoi-même ; mais, aſſeyons-nous.
Ah ! de grace, dit le comte, prenons
une autre allée, j'apperçois l'ennuieux
auteur d'un mauvais journal, homme
familier *qui mange ſur la main* ; s'il
nous cotoie, il viendra nous accoſter,
& nous aſſomant de ſes calculs lumineux, & des ſublimes talents auxquels
perſonne ne croit, il faudra bâiller à l'u-
niſſon; oh, qu'il ennuie ſes ſouſcripteurs !
c'eſt ſon métier, repliqua le marquis ;
comme nous ne ſommes pas au rang de

ceux qu'il endort, fuyons la contagion,
& gagnons cette contre-allée. Autre
précipice plus terrible, répondit le
Comte, ne vois-tu point l'indulgente
Beliſe qui vient chercher à ſe conſoler
ici de l'inutilité de ſon mari ? Ah ! n'en
dis pas tant de mal, pourſuivit le Marquis ; on ſait que tu l'as eue ; on l'a
connue : elle étoit à la fenêtre, je paſ-
ſois à pied, je la ſalue, elle me parle,
je lui répondis, ſon laquais ouvre, j'entre ; elle s'étoit miſe ſur un ſopha, je
me placai à côté d'elle, je lui fis une
propoſition, c'étoit un lundi ; elle
m'aſſura que ce jour-là elle ne refuſoit
jamais rien ; je la crus, elle s'attendrit ; elle jura & je ſortis bien convaincu
de toute l'étendue de ſon mérite. Oh
parbleu, mon chetif Comte, je le crois
fort au-deſſus de tes foibles talents ;
le ſeul moyen, ajouta le marquis, de
ne point trouver d'importuns ici, eſt
d'y venir de grand matin ; je te donne
rendez-vous à demain ; adieu, je vais
broyer mes couleurs, & te préparer
des tableaux qui doivent éclairer ton
cœur, & l'arracher à l'eſclavage auquel
je vois à regret que les femmes t'aſſu-
jettiſſent.

Le comte & le marquis fe féparerent ;
Belife les vit partir à regret , mais fes
douleurs firent place à une joie indé-
cente, lorfqu'elle apperçut *Princé* venir
à elle ; Princé eft un de ces hommes ,
comme on en trouve mille , qui facri-
fient la beauté , les talents & les graces
qu'ils ont chez eux à la minauderie & à
la ftupidité qui les captivent ailleurs ;
de-là vient aufli que ces Meffieurs ne
fe plaignent point quand on leur rend
la revanche , on voudroit feulement
que madame *Princé* eût un amant moins
lourd , mais les titres & les dignités fub-
juguent la vanité d'une femme ; & lui
tiennent lieu du mérite qu'elle defire-
roit trouver dans celui qu'elle aime ou
auquel elle s'attache par orgueil ou par
oifiveté.

Belife & Princé allerent chercher
l'ombre dans un endroit reculé qui les
mit à l'abri des curieux , & où ils fe di-
rent probablement des chofes fort tendres ; la vérité eft que la femme de
chambre de Belife , placée en *védette* fur
une éminence , d'où elle pouvoit tout
découvrir , avoit eu ordre de ne point
tourner la tête ; mais de touffer feule-

ment en cas qu'elle vît quelque curieux s'avancer vers le sanctuaire du plaisir.

Le lendemain le Marquis & le Comte, fidelles au rendez-vous qu'ils s'étoient donnés, se joignirent à l'heure convenue ; le Comte, qui étoit entré par la porte qui donne sur la place qui avoisine la porte de Louvain, n'eut pas plutôt fait quatre pas qu'il vit au pied d'un arbre un papier cacheté sans adresse ; il l'amassa, l'ouvrit & ayant reconnu l'écriture du baron de *Terbaum*, gazetier privilégié ; il fit part de sa découverte au Marquis, & tous deux s'étant assis lurent ce qui suit :

,, Catalogue des livres qui doivent ,, composer *la bibliotheque publique* pour ,, laquelle j'ai fait donner un gouver- ,, nement, dont j'espere un succès d'au- ,, tant plus heureux, que tous ces livres ,, étant fort communs ; ils coûteront ,, peu & ne vaudront pas grand'chose ; ,, c'est ce que je demande. ,,

Les charmes de la solitude. ouvrage philosophique, composé par un prince de l'église, dégoûté du monde, augmenté par un ministre disgracié, & dédié à un général d'armée retiré dans ses terres.

Principes de Négociations. Composés sur un manuscrit découvert dans les ruines modernes de la mairie de *Bois-le-Duc*, avec un amas de vieux titres, par un *comte* d'impression nouvelle ? dédié à un *grand homme.*

Traité de la Fidélité conjugale, œuvre posthume de madame de **** ac publié à *Pantin*, & dédié aux jeunes mariées.

L'art d'opérer avec les usuriers. Conte Flamand, mis en lumiere par M. *Arcolus*, docteur de la fameuse université de *Prague*, augmenté par un *Breton*, & dédié par un homme qui a le secret de guérir de la rage.

La maniere d'ennuier la cour, la ville, les provinces & les pays étrangers. ouvrage périodique, composé par *l'observateur des spectacles*, redigé par le *gazetier de Trevoux*, augmenté par *le journaliste du commerce*, corrigé par *l'auteur de l'Année littéraire*, revu par *l'éditeur du Mercure de France*, mis au jour par *l'avant-coureur*, & dédié aux trois quarts & demi des journalistes de l'univers, avec l'approbation des *redacteurs des actes érudits de Leipsick.*

Méthode facile de promettre & de ne pas tenir, deux volumes in-folio de l'Im-

primerié de *Vanden Berghen*, à B***,
composés par plusieurs courtisans répandus dans différentes cours de l'Europe, & dédiés aux hommes nécessai-
res que l'on nomme *importuns* dans les
antichambres des grands.

Le talent des représenter dans des petites
cours, par un porteur de lettres, dédié
à un commis de l'intendance de Franche-
Comté. *Moyens sûrs de s'enrichir, en ju-*
rant qu'on fait le bien du prince & des su-
jets, par . . . . . .
. . . .
. . . . *Il se trouve ici une*
lacune considérable dans les mémoires du
chevalier de Ch***; &, comme je ne
remplis dans cette conjoncture que les
fonctions modestes d'éditeur, il ne me convient pas de suppléer à ce catalogue, qui
probablement devoit être plus étendu, puisque le baron de Terbaum, qui avoit le
privilège de priser à la caisse destinée aux
progrès des lettres & à l'illustration de la
partie Typographique, dont il avoit jeté
les premiers fondements, n'auroit pas
manqué d'enrichir cette bibliothèque de
plusieurs de ses excellents ouvrages, tels
entr'autres que ceux-ci: l'art d'anéantir
les remords ou de détruire les préjugés,

ouvrage utile aux éleves de *Miriveis* &
de *Cartouche*. Traité politique fur la maniere de quitter les cours des fouverains,
dédié aux exilés , & enfin ce fameux
livre , de la méthode de faire fon bien
de celui des Libraires ; *ce dernier ouvrage
eft fort rare , & Terbaum , qui feul a pof-
fédé ce fecret extraordinaire , & fi contraire aux ftatuts de la librairie moderne ,
s'en eft réfervé tous les exemplaires ; ces
trois productions font d'autant mieux
faites , que le fublime écrivain qui les a
mifes au jour étoit rempli des fujets qu'il
traitoit , & qu'empâté dans le crime il en
trace les voies avec une netteté & une pré-
cifion qui le difputeroit avec les actions de
tous les héros que* Paris *&* Londres *ont
vu naître , & que la* greve *&* Tiburn *ont
vu périr après des harangues auffi élo-
quentes que pathétiques. Mais en voilà
beaucoup trop fur ce héros auquel nous ne
reviendrons plus ; rejoignons le Comte &
le Marquis , & fuivons celui-ci dans fes
anecdotes critiques & fcandaleufes.*

A peine ces deux hommes eurent-ils
parcouru ce catalogue qu'on vient de
lire , que , s'affoyant l'un & l'autre
dans un endroit écarté , le Marquis ,
dont le projet dangereux étoit de per-

vertir le comte en l'amusant, commença
en ces termes :

Je te difois hier , mon cher Comte ,
que l'humanité étoit corrompue & que
nous étions tous de fort honnêtes gens
fans mœurs & fans principes ; ne m'interromps pas dans les détails que l'impartialité va te faire ; & fi , après m'a-
voir entendu , tu crois avoir des armes
pour défendre la caufe du genre humain , je t'écouterai avec plaifir ; mais
je ne t'en croirai pas davantage , parce
que tout ce que je vais te dire eft conf-
taté ; écoute donc , je commence par
les femmes.

Tu m'effrayas hier , je te vis parler
d'elles avec refpect , & pouffer l'impofture jufqu'à leur prêter des fentiments ;
idées dangereufes , qui ne peuvent
qu'entraîner ta perte , fi tu perfiftes à
te livrer à l'erreur qu'elles t'infpirent.
Hortenfe , par exemple , que tu ne veux
pas avoir eue , eh bien on peut l'avoir
fans miracle ; elle joue la dignité , dé-
clame , fur-tout en préfence de fon
mari , contre les femmes qui , pour
me fervir d'une expreffion populaire ,
donnent du *fcandale* , mot gotique que
l'on a rayé depuis long-temps du dic-
tionnaire

tionnaire des gens du bel air ; mais Hortenfe eſt tendre : comme elle ne s'eſt mariée à *Ramir* que pour ſe fouſtraire à ſes parents , & avoir un nom , ſes vues font remplies & ſes deſirs font vifs ; mais elle a un malheur , elle eſt conſtante juſqu'à la perſécution , & tu ſens bien qu'il ne faut pas éternifer ſes liaifons dans une ville où beaucoup de jolies femmes font *fur le trottoir* : il y a plus , Hortenfe eſt jalouſe & ſi elle trouvoit ſon amant infidelle, elle le battroit , c'eſt ſa maniere de ſe venger en public ; mais plus dangereuſe dans le tête à tête ; elle ſe livre à des emportements qui réparent le paſſé , & vous coupe la parole au point d'être certaine que de long temps vous ne parlerez à d'autres femmes.

Dalila , dont toute la ville exalte la dignité , a pour ſon mari tout l'attachement imaginable , & dont entre nous elle ſe foucie peu ; elle paroît inquiéte dès qu'il s'éloigne ; un tiers arrive , Dalila ſe ſouvient qu'elle eſt femme , & ſe confole. *Pétronelle* eſt fage comme on l'eſt dans un climat où les hommes veulent de la jeuneſſe & des agréments , mais Pétronille vou-

Tome II. B

droit un retour de tendreſſe; elle affecte
encore.

> *De ces petites graces.*
> *Que, vu leur date, on peut mettre au rang des*
> *grimaces.*

Tout cela annonce des prétentions
que notre juſtice rend chimériques ;
tant pis pour elle, ſon temps eſt fait ;
qu'elle laiſſe la place aux autres, ou
que, ſemblable à ces précieuſes ſur-
rannées, elle ſe faſſe dévote ou tienne
une ménagerie de beaux eſprits ; c'eſt
une contagion que la France a répen-
due dans preſque toute l'Europe, &
ſur tout dans ces villes ou la commodité
publique a voulu qu'on préférat le jargon
de la frivolité à la raiſon & au bon ſens
qui ſont parmi nous des *revenants*.

Celimene jouit de tous les reſpects de
la ville ; tous les *poëceaux* échappés de
leurs marais l'encenſent ; les *Inigiſtes*,
qui ne louent gueres les femmes,

> *Parce qu'on chante mal, ce qu'on ne connoît*
> *pas,*

lui conſacrent les fruits de leurs muſes :
& bien cette fée reſpectable a eu des

foiblesses , & , si j'en crois la chronique elle les a même consignées dans les archives d'un notaire.

Silviane, que je te vois quelquefois placer au rang des *Artemises* , a les passions vives , elle parle peu & elle fait bien ; regarde beaucoup , & elle réussit mal ; enfin la liberté d'une *redoute* ouvrit une simple proposition qu'on prit pour une déclaration, on y fut sensible, & si je ne lui ai pas rendu plus de soins ,

La faute en est aux dieux qui la firent si bête.

Je ne te dirai mot de *Bélise* , nous coulâmes hier cette matiere à fond , autant que nous pûmes pénétrer dans cet abîme; car je n'aime point approcher du *Vesuve* , & je t'avoue de bonne foi que je n'aurois pas le courage de ce Romain qui se précipita dans un gouffre pour sauver la république.

Lucile a été une des beautés les plus décidées de l'Europe ; le goût de la galanterie qu'elle affiche dans cet âge où la prudence voudroit qu'on entrât dans la réforme , a fait taire la critique qui aime mieux accabler les femmes hypocrites , que celles qui ne rougissent

B 2

point de leurs démarches : mais à propos, comme je fais que Lucile est un
peu ta parente, je m'arrête ici par respect pour elle & par amitié pour toi.

Je ne te parlerai plus de *Léonore*,
elle est cependant bien aimable ; tu
veux qu'elle soit sage, j'en suis fâché
pour elle, & je ne m'accoutumerai
jamais à pardonner à une jolie femme
un défaut aussi essentiel.

Silvanire a beau jouer la décence, il
n'y a que des sots ou des jeunes gens
sans expérience qui soient dupes de ses
faux airs ; il ne lui reste que des yeux
tendres, mais leur éclat ne suffira pas
pour la faire survivre au printemps de
son âge ; & elle est si connue qu'elle
n'a plus que des étrangers pour com-
plaisants, & des petits chevaliers François qui minaudent sur ses pas, & lui
font des mines de prétentions à *l'allée
verte* & au spectacle.

Euphrosine s'écrie à tous venants, moi
je suis gaie, j'ai l'esprit coquet, & j'aime
le petit mot pour rire ; j'ai vu de nos
agréables qui, revenant de faire un
cours d'élégance à Paris, protestoient,
d'après un aveu aussi ingénu, qu'Euphrosine est un prodige de vertu ; ce-

pendant je fuis convaincu avec fept ou huit de nos amis que cette femme fi refpeable *aime* un peu plus *que le petit mot pour rire* , & qu'elle fait l'éloge de fon cœur aux dépens de fon *efprit* qui eft trop borné pour être *coquet.*

J'alongerois le tableau , fi je ne craignois de pénétrer un peu trop avant dans ta famille & la mienne , & ce n'eft point à nous d'en faire les honneurs ; j'ai voulu t'entretenir feulement de ces femmes qu'on cite comme des modeles de vertu : juges par leur conduite , combien il eft dangereux de croire aux réputations ; je ne te parle point de toutes ces petites caillettes , dont la conduite groffit tous les ans l'almanach du libertinage ; elles font bonnes à être vues le foir ; mais elles ne doivent jamais être l'objet de nos converfations.

Tout ce que tu dis là , interrompit le comte , qui commençoit à être ébranlé fur les femmes, prouve très-peu de chofes contre le genre humain que tu t'acharnes à perfécuter. Et les hommes . . . . . valent moins que les femmes, reprit le marquis, c'eft une vérité que je vais t'établir à la honte de notre fexe.

On prône par-tout l'intégrité, le dé-
fintéreffement, la bravoure, l'efprit &
les mœurs de tous nos amis ; creufons,
mon cher, & nous trouverons bien-tôt le
tuf ; : je ne vois par-tout que légéreté,
inconftance, injuftice, ftupidité & corruption; je ne m'interromps point, voici
les preuves.

Tu connois le docteur *Arcolus* dont
nous venons de voir le nom dans ce catalogue ; il a paffé long-temps pour le
premier favant de la pefante Allemagne,
parce qu'il publia autrefois dix huit volumes *in folio*, pour prouver que la
chair des chevaux, que les François
avoient mangée dans Prague, devoit
être coriace : eh bien, tu vois ici ce
grand homme affublé d'une perruque
qu'on prend pour la fameufe comete
de 1684 ; femblable aux docteurs Flo-
rentins, il porte des lunettes en pleine
rue ; il poffede une collection complette
de tous les livres qu'on imprime dans
les quatre parties du monde. Rival de
Céfar, il lit ; dicte, & fe fait lire
en même temps. La politique, fi on
veut l'en croire, n'a rien de fecret pour
lui ; les cabinets des princes lui font
ouverts, & tous les traités que l'avenir

médite, lui font connus ; la littérature
agréable, les fpectacles font fes jeux,
il en décide en riant ; & , à entendre fes
flatteurs, ce font fes oracles qui fixent
la réputation des auteurs ; les fciences
abftraites, difent ces vils adulateurs,
lui font familieres, & l'hiftoire naturelle n'a rien de caché pour lui, les finances, dont il fait fon principal exercice, forment la premiere partie de fes
talents ; & *Colbert*, continuent les fots,
auroit rendu la France à jamais heureufe, fi ce grand homme avoit été
doué des vaftes connoiffances d'Arcolus :
voilà ce que tout le monde dit ici : cependant ce perfonnage fublime, malgré
fes forfanteries, fes lunettes & fon
énorme perruque, n'eft qu'un fot qui
n'a pour tout efprit qu'un *moulin à
mémoire*, dans lequel il broie affez mal-
adroitement tout ce qu'il a entendu
dire, & les imbécilles prennent cela
pour du neuf. Si tu ne veux point, mon
cher Comte, de mon moulin à mémoire, juge d'Arcolus par une autre
comparaifon, & tu le reconnoîtras fans
peine dans un frippier adroit qui vend à
un païfan groffier un habit retourné pour
du neuf.

B 4

Sarmin ne doit, s'écrie la voix publique, sa petite élévation qu'à son mérite. Artisan de sa fortune, sa probité & son travail ont tout fait : quelle erreur ! *Sarmin* n'est redevable de son état qu'à ses bassesses & qu'aux vexations qu'il exerce ! *Ladiflas*, à en croire ses foibles amis à qui il en impose, & ses domestiques qu'il bat, est un des plus braves hommes de son siecle ; cependant ceux qui l'ont vu, l'épée à la main, & dans une bataille, n'en pensent pas ainsi ; & le parti que Ladiflas a pris, m'engage fort à être de leur avis. *Venceflas* est l'intégrité même, disent ses partifans ; cependant il reçut des préfents dans une place où l'honneur de cette chimere que nous ne connoiffons plus, voudroit qu'on eût les mains nettes. *Arminius* veut paffer pour citoyen ; mais fon deinier procédé, s'accordant parfaitement avec ce qu'il avoit fait précédemment à d'*Armenon*, ne parlent point en fa faveur : & fi je ne craignois de t'étonner, je te dirois que les dignités dont il a été revêtu, font un troifieme titre qui dépofe contre lui. *Harminville* paffe pour le plus honnête homme de la cour ; pourquoi : C'eft qu'il eft poli, bête &

fans crédit ; il feroit tout le mal qu'un courtifan doit faire pour fon élévation , s'il en étoit capable. Mais, s'écria le Comte , il n'y auroit plus ni probité ni honneur dans le monde , fi on jugeoit des hommes & des femmes d'après ta façon de penfer. Plus indulgent que toi, mon cher Marquis , je penfe qu'il y a des vertus dans ma patrie , & je gagne à le croire. Non parbleu, reprit vive- ment l'atrabilaire Marquis , en l'inter- rompant , il n'y en a nulle part ; tous les hommes fe reffemblent ; & , pour te prouver une vérité que la juftice m'inf- pire plutôt que la mifantrepie , je veux demain te peindre *Paris* que tu con- nois auffi bien que moi , & tu verras que tout eft égal en vices , en indécen- ces & en effronterie. Oh ! pour la France , repliqua le Comte , je te la livre , & je me prépare déjà à rire des portraits que tu m'en feras ; mais ne déchirons point le fein qui nous à nourri, & tout citoyen qui médit de fa patrie , eft un ingrat qui bat fa nourrice. Cou- rage , Monfieur le philofophe , courage, vous ferez toute votre vie une bonne dupe avec de pareils fentiments. Va , le vieux mot de *patrie* étoit bon pour des

B 5

Romains ; mais depuis la décadence de
cet empire , la force de ce mot s'est
affoiblie , & nous ne fommes pas faits
pour eſſayer de lui rendre ſa premiere
vigueur ; d'ailleurs ſi nous médifons des
autres , ils peuvent prendre leur revanche : tous les défauts des hommes font
communs , & ils doivent être la pâture
des oififs tels que nous.

Dix heures fonnent , il eſt temps de
s'habiller ; adieu , je t'attends demain
au même endroit , & je compte que
cette converfation , dans laquelle j'éta-
blirai les principes les plus lumineux ,
pour te prouver que toutes les femmes
font méprifables , & tous les hommes
corrompus , te ramenera à mes idées :
voilà , mon cher Comte, de ces grandes
vérités qu'il faut fe mettre dans la tête ,
ſi on veut devenir modeſte, & s'eſtimer
peu ; adieu , encore une fois , à demain.

Le Comte n'eut pas plutôt quitté le
Marquis , qu'il tomba dans une rêverie
qui commença à porter atteinte à ſa
façon de penfer fur le genre humain :
il paſſa le reſte de la journée de façon à
faire voir que fon caractere étoit chan-
gé ; il montra à *Emilie* le portrait de
Lucile , & des lettres d'Hortenfe ; il fit

deux épigrammes contre deux hommes fort respectables, & finit par médire de ses meilleurs amis. Le Marquis arriva sur les entrefaites, & s'applaudissant de son ouvrage, il voulut que chacun le félicitât sur la belle conversion qu'il venoit d'opérer. Convenez donc, Mesdames, dit-il, à toutes les femmes qui composoient le cercle de Pétronille, convenez que le Comte est aujourd'hui un garçon *délicieux* : son existence ne date que de l'instant ; car, graces aux petits préjugés de province, dont il étoit imbu, il a végété jusqu'ici ; mes conseils l'ont tiré du néant, & voilà un nouvel être que je viens de créer. Le comte, qui commençoit à se familiariser avec les propos impertinents du Marquis, l'écoutoit avec admiration, & poussoit quelquefois la fatuité jusqu'à se féliciter d'avoir un ami qui connoissoit aussi-bien l'humanité. Les Dames, accoutumées à voir diviniser leurs travers, se regardoient avec une surprise mêlée d'inquiétude. Le marquis, plus audacieux qu'un petit maître François, & par-là beaucoup moins gauche qu'un Flamand qui demande toujours *une fois* les choses qu'on peut lui donner cent,

s'apperçut de l'étonnement que les propos du Comte, & les siens, répandoient
dans le cercle ; & voulant humilier
beaucoup de femmes respectables, il
s'écria d'un ton d'insolence : finissons,
mon cher Comte, une conversation qui
humilie ces Dames ; je les vois pétri-
fiées, elles auroient même l'honneur
de rougir des vérités agréables que nous
leur disons, si la pudeur régnoit encore
dans le monde ; mais c'est un être inconnu qu'on ne trouve plus que dans
les cabinets d'antiquité ; & pour découvrir cette merveille, nous avons besoin
des lumieres profondes de l'abbé *Veletri*,
de l'érudition du savant don *Benoît*, &
des recherches sublimes de l'*illustre Parvenu*. Vous devinez bien, Mesdames,
que je parle de *Germon* que *le Colporteur*
& *le grand Miroir* (1), rendront aussi
célebre que la vente de sa somptueuse
bibliotheque qu'il acheta pour persuader
qu'il savoit lire, & qu'il vendit dès qu'il
vit qu'il ne pouvoit tromper personne.
Toutes les femmes ne purent tenir

_____

(1) Auberge au *Germon* apprécie les ouvrages
d'esprit, comme il juge du mérite d'une *Tapisserie*,
suivant sa longueur.

aux farcafmes continuels dont le Marquis les accabloit ; & pour détourner fon attention conftamment fixée fur leurs ridicules, elles lui parlerent de Paris : le Marquis qui avoit promis au Comte d'entrer le lendemain en matiere fur cet objet, dévança le jour de fa leçon ; & fous le prétexte de peindre Paris, il fit la guerre au genre humain, & répandit les poifons d'une bile amere fur les belles, les grands & les gens de lettres. *Le chevalier de Ch***, qui avoit probablement des raifons pour n'aimer ni le marquis ni B***, prétend ici que tous les originaux qui font tracés dans le portrait de Paris, peuvent trouver leur application ailleurs ; c'eft ce que j'ignore, ne connoiffant cette ville que du beau côté.*

Le marquis, ayant perfiflé le docteur Arcolus fur la circonférence de fes lunettes, l'embonpoint de fa taille, la maigreur de fon efprit, & l'énormité de fa perruque, prit du tabac d'Efpagne, tira un mouchoir ambré, regarda fes manchettes, joua de la main pour étaler un diamant qu'il doit encore, & fe jeta dans un fauteuil où, après s'être careflé

tendrement le menton, & remué fon
jabot, il parla en ces termes :

Vous avouez donc, mes belles Dames, que je vaux quelque chofe ; je
fuis charmé que vous connoifliez le prix
d'un aimable homme ; le Comte & moi..
Voilà les héros de B***. Vous avez beau
rire, divine Léonore, il n'y a exactement que nous : je conviendrai avec vous
que nous fommes environnés de trifles
copies, qui font nos finges plutôt que
nos imitateurs : voyez *Gelcour*, voyez
Verville ; peut-on rien imaginer de plus
gauche avec leurs faux airs d'importance ? Quand je les vois étudier, auprès
de nous, le ton des graces, le dévelop-
pement des bras, le talent de faire une
impertinence à une femme avec refpect,
ou d'infulter poliment un homme qui
vous déplaîr ; quand je les vois appli-
qués à faifir nos manieres aifées, je les
compare à milord *Houʒey* cherchant à
copier le marquis *de Polinville* dans *le
François à Londres.*

Mais, vous-même, Marquis, repliqua Pétronille, en l'interrompant, vous
n'êtes qu'un de ces imitateurs de ces
petits *merveilleux* dont Paris abonde pour
le fupplice des gens de bon fens. Votre

Excellence, reprit le marquis. Qu'appellez-vous *Excellence*, repartit vivement
Pétronille ? je ne veux point ufurper ce
titre. Oh , ma foi, Madame la Comteffe , répondit le marquis , cette qua-
lification eft aujourd'hui fans conféquence à B*** ; on peut même dire
qu'elle a paffé en proverbe ; cependant
je ne trouve d'*excellent* ici que mon cuifinier. Si cela eft , répliqua Pétronille
qui étoit piquée au jeu, vous êtes le
feul de votre avis : l'épigramme portoit
coup, car jamais le marquis n'a donné
à manger qu'à fes chevaux & à fes
chiens : encore penfe - t - on que c'eft
par économie , parce qu'il fe défie autant de fon cocher que d'une efpece de
vieillard qu'il appelle fon piqueur. Le
Marquis , qui fentit le trait que la
Comteffe venoit de lui décocher, fe
défendit avec cette forfanterie qui lui
étoit propre , & il prétendit que la
crainte de l'ennui arrêtoit l'effor de fa
générofité. Les dames fe récrierent fur
l'infolence du propos ; mais l'impudent
Marquis , fans fe démonter , leur foutint
que la plupart d'entr'elles connoiffoient
affez la bonne chere qu'on faifoit chez
lui : deux d'entre ces dames rougirent ,

les autres fe regarderent fixément fans
paroître déconcertées ; mais l'inébran-
able Marquis , qui jouiffoit avec impunité du fruit de fon arrogante fatuité ,
ne changea point de ftyle ; & , fans s'é-
mouvoir , il foutint à plufieurs de ces
dames qu'elles avoient trouvé fa *petite
maifon* délicieufe : le mot parut nouveau
à B*** , où l'on ne connoît de petites
maifons que pour les imbécilles qui n'y
font pas tous enfermés. J'en appelle à
Pélion & à *Vambel* ; & chacune de ces
précieufes fubalternes , qui avoient cependant acquis l'ufage du monde frivole
dans de beaux romans , demanderent
au marquis ce qu'il entendoit par fa
petite maifon. Votre étonnement me
réjouit , répliqua ce fat : ne diroit-on
pas que vous avez oublié la route qui
conduit à *Malines* ? Là , Mefdames ,
point d'émotion , rappellez votre mémoire , & fouvenez-vous qu'après avoir
paffé la maifon de M. *de M*** , qui n'eft
pas *petite* , car les prélats n'en occupent
que des grandes , il y a deux cabarets
obfcurs, faits pour la petite bourgeoifie ;
qu'au deffus de ces deux cabarets, il y
a.... mais, que diable , vous voulez rire
de ne point vous remettre un lieu de

délices, où la plupart d'entre vous m'ont honoré des aveux les plus tendres. Le Marquis, qui jufques-là avoit paffé pour un impofteur, commença à ne plus paroître qu'indifcret : les femmes qu'un bifarre deftin forma pour s'embraffer, médire d'elles, & s'eftimer peu, goûterent une forte de plaifir d'entendre fatirifer celles que le marquis attaquoit, & celles qui alloient fe profterner le matin *à la chapelle*, & couroient le foir le *Vaux-Hall* (1), étoient enchantées qu'on drappât leurs *bonnes amies de cour.* La vérité eft que toutes en général ignoroient ce que c'étoit que faire un *foupé fin en petite maifon* : leur empreffement à engager le marquis à les inftruire fur cet objet, prouvoit leur bonne-foi ; mais celui-ci, perfiftant dans fon impudence, leur foutint fermement fes premiers propos, & tirant enfuite fes tablettes toujours remplies de petits vers *innocents* qu'on lui faifoit à bon marché : il lût avec emphafe les vers fuivants :

---

(1) Endroit enchanteur où les grimauds, les comédiens, & les grands fe difputent le pas à la lueur : d'un fuif puant & à la refpiration des exhalaifons, d'une mauvaife biere.

Il feroit beau vraiment d'ignorer , à votre âge ,
Un agrément qu'autorife l'ufage ?
Sur ce point important je vais vous éclaircir :
Faire un de ces foupés où regne le plaifir ;
Sous le mafque impofleur d'une gaieté facile ,
Se plier fenfément à l'art du Vaudeville ,
Prononcer en oracle , & d'un air d'*Amateur* ,
Protéger en buvant un orgueilleux chanteur,
Ou monté fur le ton d'un frivole langage ,
Veiller par vanité , s'excéder par ufage ;
Et traîné le matin au fond d'un vis à-vis ;
Promener fon fommeil du fablon chez *Doris* ,
Et le foir au fpectacle affommant tout le monde,
Voiler fous l'agrément fa trifteffe profonde ;
Voilà ce qui s'appelle , en termes du bon ton ,
Faire un foupé divin en petite maifon.

Toutes les femmes enchantées du tableau que le marquis venoit de faire , ne
balancerent point à lui demander à fouper dans fa petite maifon ; mais deux
petits inconvénients s'oppofoient à cet
arrangement: le Marquis n'aimoit point
la dépenfe , & il n'avoit réellement pas
de petite maifon : ainfi , cachant fon
impofture & fon avarice fous des prétextes frivoles , il éluda la propofition
qu'on venoit de lui faire : mais

Defir de femme eft un feu qui dévore.

Trois de ces Dames, impatientes de fouper en petite maifon, partirent la même nuit pour aller jouir de ce plaifir à Paris. Le grand homme à qui cette production morale eft dédiée, fit mention de cet événement dans la Gazette de B***, qui étoit confiée à fa plume délicate & correcte.

Le cercle inftruit du projet de ces Dames y applaudit, & le Marquis, qui comptoit que ce voyage lui fourniroit une bonne occafion de médire, fe félicita d'en avoir infpiré l'idée ; & comme le deffein de ces Dames n'étoit pas de féjourner long-temps à Paris, elles preffèrent le Marquis de fuivre fon premier plan, en leur donnant quelques éclairciffements fur cette ville où l'on voit triompher tour-à-tour l'efprit, la fottife, le mérite, la cabale, les vertus & les vices.

Le Marquis, qui avoit pris dans cette capitale de la France tous les travers qui le rendoient ridicule & infolent, commença fes portraits contre lefquels le docteur *Arcolus* fe propofa d'avance

de s'inscrire en faux d'après un paffage
qu'il avoit lu dans *Scaliger*, commenté
par M. *Dacier*, & allongé par le fameux
Formey, préfident d'une petite académie fondée par un grand roi.

Les amis que j'ai à la cour, où je fuis
vu d'affez bon œil, ne me permettent
point de vous en parler; cela veut dire,
s'écria Silvianne, que vous ne la connoiffez pas. Cette Dame avoit raifon :
le marquis avoit vu la cour comme on
voit une maifon fans y entrer ; & pour
avoir parcouru les jardins, vu la galerie, & le grand couvert, il croyoit
connoître le caractere des miniftres,
l'efprit des courtifans, & les intrigues
de Verfailles. Dès qu'il eut répondu à
la fincérité de Silvianne, par une épigramme un peu fanglante, il annonça
qu'il ne parleroit, comme il l'avoit dit
au commencement de la converfation,
que des grands, des belles & des beaux
efprits répandus dans Paris.

Le petit duc fut le premier que fon
pinceau faifit : il loua fa générofité en
parafite, & parla de fon caractere en
intriguant : toutes les filles d'opéra,
que le duc protégeoit fpécialement,
devinrent l'objet des fatires du mar-

quis ; il eft cependant vrai que , lorfqu'il étoit à Paris , il faifoit antichambre chez elles , & alloit mendier un
regard à leur toilette , afin de faire fa
cour au duc pour le cuifinier duquel il
avoit une eftime particuliere. *Flamin* ne
fut pas mieux traité ; & l'aventure qui
lui arriva l'année derniere , fut chargée
de toutes les nuances que la méchanceté
put y ajouter. Il faut parbleu convenir ,
continua-t-il , que ce trait de prudence
eft impayable : ce pauvre Flamin favoit
depuis long-temps qu'il étoit au nombre
de ces époux infortunés , à qui la galanterie de leurs femmes fait donner un
nom que par refpect pour vos maris je
tairai. Inftruit de fon fort , il laiffoit à
fa femme la liberté de fuivre fon train ,
c'eft affez la mode à Paris; je m'apperçois
même qu'elle prend par-tout , & qu'elle
deviendra infenfiblement générale. Flamin rentre chez lui , paffe chez fa femme qu'il croit feule ; point du tout, il
la trouve foupirant tendrement entre
les bras du chevalier *de Lignieres.* Que
fait Flamin , il s'emporta , direz-vous ,
battit fa femme , & voulut poignarder
fon amant ; point du tout : né avec un
flegme que vous allez admirer , il lui dit

sans s'émouvoir : *Quelle imprudence ,
Madame , si c'étoit un autre que moi.* Lignieres , pétrifié de ce sang froid , ré-
para le désordre dans lequel il étoit , &
Flamin , qui s'étoit retiré dans son cabinet , le voyant sortir , envoya demander à sa chaste moitié pourquoi elle ne
le retenoit point à dîner. La marquise ,
sans se déconcerter , fit revenir le chevalier qui dina avec sa maîtresse & avec
celui que *trois mots latins* & le griffo-
nage d'une tête à perruque , qu'on nomme notaire , avoit fait son mari. Le
dîné fut saillant : Flamin ne le quitta
que pour aller casser les porcelaines &
les glaces de la *Deschamps* qui , man-
quant par *usage* autant que par *intérêt* à
son imbécille bienfaiteur , avoit cou-
ché la veille avec mylord d'*eau-douce* ,
qui , de fils d'un marchand de vin de
Cantorberi , se fit batelier sur la Tamise,
passa delà en France , où ses prodiga-
lités lui mériterent le titre que les marchands , les filles & les portiers donnent
pour cause , à tout homme qui parle du
gosier : fait une révérence d'un air gauche ; porte un habit à la taille haute ;
salue du corps, mange la viande à demi-
cuite , & prodigue les guinées ; ce der-

nier article le plus important de tous, vaut seul une généalogie.

Il est bien singulier, s'écria la prude Pétronille, que le comte de Flamin, si doux chez lui, fit tant de vacarmes chez sa maîtresse. Ce qui vous étonne, Madame, reprit le Marquis, ne me surprend point : Flamin aimoit la petite Deschamps ; & toute fille de spectacle qu'un honnête homme à le malheur d'aimer, est une victime dévouée aux vengeances de celui qu'elle trompe : on la bat, on lui reprend ses bienfaits, & souvent on la fait enfermer quand on en a le pouvoir ; mais on doit plus de ménagement à sa femme, parce que la seconde clause de l'union conjugale est d'être ce que je ne n'ai pas voulu vous dire tout-à-l'heure : c'est le sous-entendu du contrat : on doit s'y soumettre.

Ces décisions dictées par l'indécence & par la malignité, irritoient le beau sexe : mais l'intrépide Marquis lui préparoit bien d'autres sujets de chagrin : l'aventure de Flamin, continua-t-il, me rappelle celle de l'illustre *Tinber* (1)

_____

(1) Ceux qui sont sur pris que je place le financier

qui, venant coucher chez la tendre *Hus* qui ne l'attendoit point, surprit un homme nu dans le cabinet où il alloit se déshabiller. L'actrice, qui avoit appris dans le code comique à ne plus rougir, cria au voleur. Le galant eut beau dire qu'il étoit dans un équipage qui n'annonçoit pas un frippon, la Hus persista, & le crédule Tinber, malgré ses patentes de membre de l'académie des inscriptions & belles-lettres, crut sa perfide *Adélaïde*, & attendit avec impatience que la boutique de *le Maignant* fut ouverte pour y acheter à crédit une aigrette de diamants qui devint le prix de la fidélité de l'actrice.

Ma foi, dit Léonore, c'est bien fait,

Tinber dans mes plaisanteries ameres, ignorent que cet homme donna, le 25 décembre 1753, un grand diné & quatre billets de parterre aux nommés *Pélou*, *Palissat*, *Poinsinet* l'aîné, *Poinsinet* le jeune, pour aller siffler une de mes pieces qu'on jouoit ce jour là, & cela, dans un temps où Tinber m'avoit l'obligation d'avoir arreté une cabale qui menaçoit sa maîtresse; au reste les hommes feroient bien plus sagement, s'ils ne se mêloient point des querelles littéraires; elles sont au-dessous d'une personne en place, & au-dessus d'un homme ordinaire.

&

& les gens qui ofent entretenir de ces fortes de créatures, méritent bien qu'on les dupe. Mais pourquoi, repliqua le marquis ? Ces femmes, au préjugé près, font comme les autres, & je ne vois pas par quel motif on voudroit les priver du droit dont tant d'honnêtes femmes jouiffent avec impunité. Quoi, répondit Léonore, vous ofez dire que des femmes *comme il faut* fe font entretenir? Très-pofitivement, repliqua le marquis: on ne leur donne pas, tant par mois, je veux bien le croire ; mais aujourd'hui un diamant, demain une robe, après-demain des dentelles : j'appelle cela fe faire entretenir, où je ne m'y connois pas. Léonore interdite de la réponfe du marquis fe tut & parut fe repentir de fa curiofité, parce qu'elle donna lieu à beaucoup de petits propos dont les conféquences ne lui furent point agréables.

Le marquis, pourfuivant fa litanie fatirique, trouva l'important d'*Arville* fur fon chemin, & il ne le ménagea point : on l'avoit connu autrefois à B***, & on ne fut pas fâché de le voir vilipendé. Chargé jadis d'une négociation auprès d'un petit prince d'Allemagne, d'Arville a gardé au centre de

Paris toute la morgue minifiériale :
grave & méthodique il ne parle que le
code diplomatique à la main : toutes fes
expreffions font tirées des livres politiques : il ne parle à fes gens que le langage de la négociation ; les marchés
qu'il fait avec fon marchand de vin font
qualifiés de *traités*, & il appelle *pactes*
& *conventions* les arrangements qu'il
prend avec fon boulanger : fes laquais
qui, par une vieille habitude l'*excel-
lentifient*, font appellés *valets de pied*, &
fon portier, né à *Chaillot*, porte la
mouftache pour avoir l'air d'un *fuiffe*.
Grand écrivain, il affafine tous les jours
le miniftre de deux lettres dans lefquelles vous ne trouverez que ces grands
mots d'*intérêt de l'etat*, *le bien de la
chofe*, *la gloire de mon maître*, *cette partie*, *cette opération*, *conflater les principes*, & quantité d'autres expreffions parafites, qui rempliffent ordinairement
les dépêches des miniftres qui fe battent
les flancs pour parler, tandis qu'ils n'ont
rien à dire que des mots qui font, dans
les hommes médiocres, le ftyle de la
politique : s'il ne fait pas de bien, il
voudroit en faire, car fa manie eft de
protéger, & il donne une lettre comme

on donne le bon jour : il eft vrai que les papetiers & les vendeurs de cire d'Efpagne font les feuls qui gagnent dans cette affaire : car on eft convenu, dans tous les bureaux de Verfailles, de ne décacheter jamais fes lettres : on en voit encore beaucoup de celles qu'il a écrites pendant la minorité du roi, & dont le cachet eft toujours refpecté. La manie de la repréfentation eft le grand défaut de d'Arville : un portrait du roi, fait par un barbouilleur du *Pont-Notre-Dame*, eft placé dans un cabinet étroit, entre un morceau de damas, jadis bleu, & un fauteuil dont on ne diftingue plus la couleur, & ce chetif appartement, dans lequel fix perfonnes ne pourroient entrer, eft appellé pompeufement *la falle du trône*, c'eft-là que d'Arville donne audience aux gens bien mis : il y a pour le gros des protégés un *pallier* qu'on nomme anti-chambre, & duquel on les fait paffer fucceffivement dans la chambre du buffet que l'on nomme *la falle d'audience*. Quand d'Arville a paffé les trois quarts de la matinée à fuer l'importance, & à ne rien faire, il va aux tuileries, où tout effoufflé il fe félicite d'avoir fini fes dépêches ; quel-

ques vieilles croix de S. Louis l'accof-
tent pour lui demander la nouvelle du
jour, il les reçoit fiérement, & leur
répond d'un ton myftérieux. Toutes fes
phrafes empefées commencent par *mes
lettres du Nord*, *mes correfpondances d'I-
talie*, *le courier de Vienne*, &c. Cependant il très prouvé que, par l'habitude
où l'on eft de ne point répondre à d'Arville, il ne reçoit aucune lettre, & que
fon fonds de nouvelle eft puifé dans *la
gazette de Berne*, *le courier d'Avignon*,
& *la feuille de Hambourg*, trois productions excellentes pour ceux qui aiment à *mâcher à vuide*.

Qu'appellez-vous *mâcher à vuide*, interrompit le docteur *Arcolus?* La feuille
de Hambourg eft un excellent ouvrage;
le fait eft fûr, puifque je la lis, & que
les correfpondances que j'entretiens avec
l'Allemagne font puifées dans ce chef-
d'œuvre de politique; production d'autant plus merveilleufe qu'elle fait vivre
à la Haye quantité de ces négociateurs
fubalternes que l'on nomme, en termes
de l'art, *frippiers de nouvelles*, ou *furets
d'anti-chambres*: leur foin le plus important dans l'intérieur de la ville, eft
de ramaffer les bruits populaires, le nous

des étrangers, leurs propos, d'étudier leurs démarches, & de compter, s'ils le peuvent, le nombre de leurs chemises, & faire un paquet de tout cela pour le porter à ceux des ministres à qui ils sont voués ; delà on les voit étaler fastueusement leur incapacité sur le *plein*, & compromettre avec orgueil le nom de tous les ministres, & parler des délibérations des Etats-Généraux, comme si les secrets de la république étoient enfermés dans leurs porte-feuilles : la vérité est que ces bavards ne savent rien, de ce qui se passe en Hollande, que par le canal de Hambourg, où l'on n'est pas mieux instruit qu'eux.

Leur correspondance au-dehors est d'écrire à quelques curieux qui prennent leur radotage pour des sentences, & de leur envoyer tous les livres nouveaux qui paroissent : ce petit commerce sémi-politique leur vaut quelques culottes à la fin de l'année, & delà ils se croient autorisés à se qualifier de *chargés d'affaires*, & d'*agens* de tels ministres.

Quand le docteur Arcolus, accoutumé à contredire les autres & lui-même, eut fini sa fastidieuse période, le marquis, qui ne daigna pas y répondre,

continua fa chronique fcandaleufe, &
Bermal remplaça Darville.....*Comme
le chevalier de Ch*** compofa ce livre en
1759, il n'eft pas étonnant qu'il ait
parlé de Bermal, qui n'eft autre que le
marquis de B***; tout ce qu'il en dit eft
exactement vrai; je terminerai le tableau
en parlant de la cataftrophe qui a occa-
fionné fa mort arrivée au mois de feptembre* 1760.

Bermal, pourfuivit le marquis, eft
une efpece de feigneur de la vieille
cour ; fon extérieur eft magnifique ,
mais la malpropreté regne dans fa maifon. Un laquais lui vola vingt mille
francs en 1736 : depuis ce temps aucun
domeftique n'eft entré dans fes appartements , & les draps , qui étoient alors
dans fon lit , y font encore : il a les
équipages les plus fuperbes , qui , depuis
vingt ans, pourriffent fous fes remifes ,
tandis qu'un trifte fiacre le traîne dans
Paris. On voit dix chevaux dans fes
écuries , qui , depuis le jour qu'il les a
achetés , n'en font pas fortis : jamais
on ne les panfe , & il leur donne lui-
même à boire & à manger toutes les
24 heures. Il y a quelques années qu'un
de fes chevaux s'échappa dans la cour ;

Bermal condamna cette licence à la corde, & deux porteurs d'eau furent nommés les exécuteurs de sa sentence ; le cheval fut pendu *pour donner*, disoit son arrêt de mort, *l'exemple aux autres*: les chaleurs de l'été porterent l'infection dans tout l'hôtel dont la présidente *Belliere* occupoit la contre-partie : cette Dame fit prier Bermal de faire sortir ce cheval qui, depuis huit jours, l'empestoit. Dis à ta maîtresse, répondit ce singulier homme, qu'elle m'empoisonne depuis vingt ans, & que j'ai la complaisance de ne pas m'en plaindre. La présidente passoit, il est vrai, pour n'avoir pas l'haleine saine. Un charlatan, ayant affiché dans Paris qu'il voleroit depuis le jardin de l'arsenal jusqu'au delà de la porte S. Antoine, attira tout Paris, & *vola* effectivement, mais ce fut l'argent des curieux : car il disparut au moment où la scene devoit commencer. Bermal prétendit qu'il étoit très-possible de voler ; &, comme son imagination ne trouvoit rien de difficile, il fit élever un *Belveder* qu'on voit encore au-dessus de son hôtel sur le quai des Théatins; se fit faire des ailes, & annonça au palais royal, & dans tous les spec-

tacles, qu'un tel jour il voleroit de chez
lui au tuileries. Chacun accourut pour
être témoin de cette opération ; Bermal
s'élança de son Belvedèr, & après avoir
volé une minute, il eut le sort d'*Icare*,
& tomba dans sa cour, où malgré la
précaution qu'il avoit eue d'y faire mettre beaucoup de fumier & des matelats,
il se cassa une jambe: ce petit accident le
dégoûta de porter des ailes. Bermal aime
la bonne chere & la compagnie ; mais
personne ne peut manger avec lui qu'une
fois, c'est-à-dire par curiosité: son bois,
son charbon, son vin, & toutes ses pro-
visions, sont jetés pêle mêle à terre
dans la salle à manger ; on y est sans
nappe, sans assiettes propres, & sans
verres rincés : ceux qui veulent des ser-
viettes les vont couper dans une piéce de
toile qui est au-dessus d'un panier de vin
de champagne. Le diné fini, Bermal
mene au spectacle tous ceux qui lui ont
tenu compagnie ; car, malgré l'air dé-
goûtant qui regne dans l'intérieur de son
domestique, il est magnifique ; il ne porta jamais deux fois la même chemise,
aussi n'a-t-il jamais de blanchisseuse ; il
change tous les jours de tabatiere, &
les plus précieuses ne lui échappent

point ; il en a autant qu'un souverain d'Allemagne, mais n'en fait pas tout-à-fait le même usage ; il a souvent pour cinquante mille livres de lettres de change échues depuis un an. Un banquier, s'impatientant de ce que ses lettres ne lui étoient point présentées, alla le prier de permettre qu'il les acquittât ; Bermal le renvoya en lui disant de se mêler de ses affaires. Tel est ce singulier mortel qui joint à toutes ces manies beaucoup d'esprit & de grandes connoissances.

Le marquis a peint cet original d'après nature ; je dois ajouter, pour achever le tableau, que Bermal est mort aussi singuliérement qu'il avoit vécu : il étoit à l'opéra, quelqu'un vint lui dire que le feu étoit à son hôtel. Eh ! qu'est-ce que cela a de commun avec l'opéra, répondit-il, sans s'émouvoir, & sans quitter le spectacle ? La police, moins indolente que Bermal, y avoit envóyé du monde & un commissaire pour empê-cher le pillage : de sorte qu'en rentrant chez lui à neuf heures du soir, il trouva le feu éteint ; il se coucha, mais quelques heures après, une fumée violente l'obligea de se lever ; il fit venir un baquet d'eau fur laquelle il prononça quelques paroles latines , en en jetant quelques gouttes au quatre coins de la chambre embrafée , & alla fe remettte au lit bien convaincu que fes ablutions alloient mettre fin à l'incendie ; mais Bermal ne jouit pas long-temps de fon efpoir , la flamme dévorante pénétra jufques dans fon appartement ; & , au moment où il vouloit fauter par une fenêtre , la fumée l'étouffa.

Ainfi perit Bermal pour avoir eu l'indolence de refter à l'opéra , & la foibleffe de s'être fervi d'un prétendu fecret qu'un Juif lui avoir vendu fort cher.

Le marquis, qu'on aimoit à entendre, quand il ne calomnioit point , fut invité à peindre quelques nouveaux originaux; mais comme il aimoit à emporter la piece , il continua fur autre ton , & *Cherville* devint fa proie. Si vous voulez , Mefdames , du merveilleux , je vais vous en donner , en vous peignant d'après nature un fous-feigneur qui fe fait appeller *le comte de Cherville*.

Qui de nos grands feigneurs imitant les caprices
Penfe les égaler parce qu'il a leurs vices.

Cet important fubalterne ne fauroit

trop dire quel prince de l'Europe lui a donné le Diplôme de comte; & lorsqu'on lui parle de sa naissance, il déplore toujours l'incendie de la chambre des comptes dans laquelle les titres de sa *maison*, qu'il devroit appeler *famille*, ont été brûlés; le jeu & les vieilles femmes lui ont fait sa fortune, & l'ont approché de la cour dont il a eu des distinctions & des bienfaits, parce qu'il parle toujours de sa valeur & de ses services. Il y a quinze ans qu'il promet une tactique, mais ceux qui savent que son *faiseur* a été tué au siege de *Maftricht*, parient que cet ouvrage tant prôné ne paroîtra point, & je suis de moitié avec eux. Depuis que l'âge & les faveurs lui ont donné une certaine consistance dans le maintien, il fait l'homme essentiel, & va même jusqu'à donner des projets dont il prétend que le *Sertorius* François fait un grand cas. Comme la derniere guerre ne la pas ruiné, on dit qu'il amasse pour aller représenter dans quelque cour où il voudroit bien qu'on l'envoyât; mais les ministres, qui le connoissent, ne confieront point à sa médiocrité les intérêts de l'état; &, comme il fait le proverbe des ambas-

fades (1) , il avoit demandé d'être envoyé à *Constantinople* ou à *Soleure* , mais
ses négociations se borneront (il ne
verra ni la Turquie ni la suisse.) au
cours de la Reine où il se promene tous les
matins en voiture, tenant en main beaucoup de papiers qu'il affecte de lire pour
jouer l'importance , & ne saluer personne : voilà Cherville d'après l'exacte vérité. Convenez donc que de pareils originaux sont bons à connoître; il n'y a pas
de pays dans l'univers où l'on en impose
plus sur la naissance que dans Paris; l'argent y fait la grandeur , & y constitue
les dignités. Un boucher de *Lausanne* ,
qui a de l'argent , y passe pour *baron* :
le fils d'un frippier de *Milan* , ou de
quelqu'autre contrée d'Italie , se fait
appeler M. *le marquis* : tous les Allemands fussent-ils tirés du *fameux lac* que
la plume du baron de *Terbaum* a célébré
dans un ouvrage érudit dédié à une Dame
qui a condamné l'*Epouse suivante* sur le
nom de l'auteur , & d'après les principes de ce roi de *Siame* qui fit brûler tous

(1) *Vienne* ruine , *Rome* dérange , *Constanti-*
nople enrichit, *Soleure* accomode , &c , &c.

les livres François que les jésuites avoient apportés dans son empire , parce qu'il prétendoit que tous les ouvrages qu'il n'entendoit pas , devoient être mauvais; tous ces Allemands passent pour des *comtes* , & il n'est aucun Anglois qui ait un carrosse de remise , que le peuple badaut ne *Mylordise* ; les nationaux jouissent des mêmes avantages , & le fils d'un négociant de *Bordeaux*, de *Lyon* & de *Marseille* , arrive avec un titre pompeux , & on l'en croit à proportion de l'or qu'il fait circuler. *Pincité* , à peine gentilhomme , arrive du fond de la Guyenne avec des talons *jaunes* , & le titre de marquis ; sa livrée en impose ; un logement qu'il occupe dans une maison royale , ajoute un vernis à la considération qu'il se donne. Et bien, Pincité, au service militaire près , est la copie de Cherville ; il vit des femmes & du jeu , & sa réputation sur ce dernier article est un peu entamée depuis ses liaisons intimes avec *les trois brigades.* Que voulez-vous dire , interrompit la judicieuse Pétronille, par vos *trois brigades?* Je veux dire , répliqua le marquis , que les maisons de jeu , qui étoient autrefois en France des asyles où l'on s'amusoit

honnêtement & fans crainte , font deve-
nues depuis quelque temps *une forêt noi-*
re , qu'un galant homme ne peut paffer
fans rifque. Dès aventuriers qui ont voulu figurer au-delà de leurs moyens , fe
font ligués entr'eux , & on formé trois
brigades de *Grecs* qui confpirent contre
la bonne foi de tous les fots de Paris ,
les provinciaux & les étrangers.

La premiere *brigade* eft la *Françoife* ;
depuis la mort prématurée de *Duranti* ,
Pincité & *Dolannée* , fils d'un rotiffeur
de la Flandre Françoife , en font les
chefs.

La feconde eft la *brigade Suiffe* ; *le*
Fleuve eft à la tête depuis la retraite de
Narberd (1).

La troifieme en fin , eft la *brigade Ir-*
landoife ; *Nefledit* & *Guerte* la comman-
dent : ces trois corps féparés pour leur
intérêt perfonnel , fe réuniffent dans un

---

(1) Ce Narberd qui a été pendant près de 30
ans enfeigne aux gardes Suiffes , jouoit un jour
au piquet avec un juif de Bordeaux à qui il efca-
motoit l'écart ; le Juif appelé par quelqu'un fortit : un ami de Narberd lui dit : ah ! tu trompes
trop vifiblement ce pauvre Juif. *Laiffe moi faire,*
répondit le Suiffe , *je venge Jefus-Chrift que fes*
ancêtres ont crucifié.

grand jour d'affaires, & malheur aux ennemis qui tombent sous leurs coups.

Ce Pincité, auquel je reviens est né
sans biens, donne tous les jours de grands
dinés ; les victimes s'ennivrent , & on
les égorge. Les brigades qui ont combattu pendant la journée , se rassem-
blent le soir, & partagent le butin qu'elles ont fait sur les dupes; voilà pourtant,
Mesdames , la vie que menent des Of-
ficiers , des gens titrés. Fiez-vous après
cela aux hommes ; au reste point de reproches , les femmes n'y valent pas
mieux ; je les ai vues d'assez près pour
en juger sainement : ce que je vais vous
dire est au dernier vrai , renouvellez
votre attention.

La premiere dame que je connus à
Paris , étoit , Madame *la Comtesse de
Marneuil* ; c'etoit une femme qui avoit
de l'esprit, de l'embonpoint & de l'a-
grément dans la physionomie, mais sa
manie étoit de faire des vers , de trouver horribles les femmes qui ne pe-
soient pas cinq cent livres , & qui ne
louchoient point ; ce dernier objet me
rappelle une anecdote singuliere , arrivée sous la seconde race des rois de
France : les courtisans automates im-

béciles , qui imitent par un inftinct les
vices & les vertus du maître , fe firent
boffus , parce que le prince l'étoit , &
on vit des écrivains faméliques prouver
dans de pefants écrits que la boffe étoit
tout à la fois un agrément de la figure ,
& une marque caractériftique de l'efprit , & l'impudence de ce dernier ar-
gument fe prouvoit par *Efope*.

Madame de Marneuil eut le fecret ,
dans un âge où l'on touche à la réforme,
de captiver des hommes du meilleur
ton , mais comme l'abfence de fes
amants en titre , lui donne des vapeurs,
& que dans ces moments elle a des defirs violents , elle fe confole avec le
premier qui fe montre , procédé qui
lui a fait donner le nom *de l'Echo* ,
dont la devife eft *à tout venant beau jeu.*

Arcenife. Ah ! s'écria Hortenfe d'un
air d'aménité qui annonce la douceur &
la bonté d'un caractere , n'en dites point
de mal . elle vient de mourir. Ma foi,
Madame , reprit le marquis , il étoit
temps. Que voulez-vous dire , *il étoit
temps* ? Elle n'avoit que vingt-fix ans.
Je le fais , Madame , mais il y a douze
ans qu'elle étoit dans le monde , & une
vie auffi longue eft un fiecle pour une

femme qui a le malheur de s'attendrir sept ou huit fois par jour , fans compter les moments vuides qu'elle prodiguoit à fon mari par un devoir facré qu'elle s'eft toujours fait une loi de remplir , lofque le hafard faifoit qu'elle couchoit feule. Comme elle avoit la foibloiffe utile de croire aux revenants , elle ne pouvoit dormir feule , & quand fes amis ne venoient point conjugrer *les efprits* , elle chargeoit fon mari de ce foin obligeant.

Je ne vous recommanderai plus , repliqua Hortenfe, de ménager les perfonnes auxquelles je pourrois m'intéreffer. Votre pinceau , loin de flatter , groffit tout , & les malheurs ou les préjugés font des crimes auprès de vous. Courage M. le marquis , avez-vous encore quelqu'autre femme à déshonorer avec impunité, vous pouvez continuer , nous écoutons. Vous n'y gagnerez pas davantage , Mefdames , répondit le marquis , & votre belle amie *Serinval* ; que vous avez accueillie ici avec tant de fuccès , & que vous avez enfuite dédaignée avec tant de mépris , ne méritoit ni vos bontés ni votre indignation ; c'eft une bonne femme qui ne fe fert de son esprit que pour tromper son mari, & jouir de la vie : elle parle de tout, excepté de ce qu'elle a été originairement, tandis que vous ne vous entretenez que de ce que vous êtes ; enfin cette pauvre madame Serinval, que vous aviez prise d'abord pour l'héroïne de vos minauderies, vous ressemble en tout à une chose près, qui pourroit, à sa mort lui servir d'oraison funebre. Elle a vos foiblesses, elle en convient ; vous avez ses vices, & vous les niez : je vous demande laquelle est la moins respectable d'une femme qui affiche les dehors de la piété, pour marquer, sous une surface trompeuse les écarts d'une conduite plus effrénée encore que voluptueuse, ou d'une femme sincere, qui, succombant sous la force d'un tempérament, ou, se rendant aux agaceries de ceux qui l'aiment, ou qui en ont envie, avoue ses foiblesses, en rougit, promet de s'en corriger, & tient parole quand elle le peut ?

Madame de *Prémont*, sa digne amie, a eu dans Paris une de ces célébrités qu'une femme du grand air ne désavouesoit point : on la suivoit au cours ; toutes les lorgnettes étoient braquées fur elle à l'opéra ; arrivoit elle dans un cercle , on s'écrioit avec extafe : *c'eſt elle la voilà* : le badaut admiroit & le provincial cherchoit à plaire. Et bien , madame de Prémont qui avoit commencé parce que la cour avoit de plus brillant , & à qui le comte *d'Opulville* avoit donné cette réputation qu'il eſt en poſſeſſion de diſtribuer depuis ſi long-temps , & fans laquelle aucune femme ne peut être autoriſée à ſe mettre fur le trottoir ; cette femme maladroite vient de finir par le bel-efprit. Acharnée plutôt qu'attachée à *Ferval* , elle a perdu la confidération que des intrigues célebres lui avoient méritées, & elle ſe dégrade avec notre auteur qui lui donne des ridicules pour l'argent qu'il en tire : ce Ferval a eu autrefois accès chez quelques femmes de la petite cour, & il a pris dans ce commerce ce vernis de fatuité qu'un homme de naiſſance n'a pas , mais que celui qui veut le finger ne manque jamais de prendre , parce qu'il n'a pas le talent de faifir les nuances qui diſtinguent les manieres nobles d'avec les travers qui caraɔtérifent l'importance.

On pourroit dire de Ferval ce que difoit *mademoifelle* en parlant de *Scuderi* ;
c'eft *une maniere de bel efprit* ; il penfe
affez de chofes , mais il les rend mal ;
& comme il a peu de talent , & qu'il
a eu beaucoup de femmes , il fe croit le
premier génie du fiecle ; il parle aux
comédiens avec le ton impérieux que
les *Voltaire* & les *Crebillon* irrités em-
ploient , & il ne rougit pas de leur
confeiller de ménager un homme tel que
lui , dont les pieces font la gloire du
théatre , & la fortune des auteurs. il eft
cependant vrai que ces derniers feroient
plus modeftes dans leurs meubles & dans
leurs équipages , s'ils ne jouoient que
les pieces de Ferval. L'année derniere
il donna un ouvrage au public , dont il
difoit du bien dans la préface ; il le vendit au Libraire *Delormel* qui y perdit
beaucoup. Notre auteur ayant promis à
cet éditeur de l'indemnifer , fe racom-
moda avec lui , à condition que Delormel viendroit l'embraffer dans tous les en-
droits publics où ils fe rencontreroient.
Cette convention paroîtra étrange à
ceux qui ignorent les petits détours dont
ufent les auteurs pour perfuader que
leurs ouvrages ont réuffi. Le public qui

voit un libraire courir à l'auteur dont il a imprimé l'ouvrage , & l'embraffer tendrement , croit que cet homme eft content ; & de cette fatisfaction il ré- fulte que la production de Ferval a réuffi, tandifque tout Paris s'eft réuni pour la fiffler : voilà les rufes de ces petits meffieurs. Madame de Prémont vouloit bien faire de l'efprit avec fon amant , mais elle le voyoit fiffler avec regret , & fon honneur l'intéreffoit au point qu'elle lui promit de placer mille louis fur fa tête , s'il vouloit ceffer de brouil- ler du papier; mais la manie d'écrire eft une fureur dont on ne guérit point ; & Ferval répondit , avec autant d'extra- vagance que de hauteur , qu'il n'étoit pas affez lâche pour immoler à fon inté- rêt particulier celui de l'Europe qu'il écclairoit par fes écrits. Telle eft la fo- lie de ces écrivains qui ofent fe croire effentiels , tandifque leur viles produc- tions ne font utiles qu'à eux feuls , & ne fervent fouvent qu'à fe venger de ceux qui leur déplaifent ; malheur dont on fe foucieroit peu , fi la méchanceté pu- blique ne donnoit trop de cours à leurs infipides & fatiriques brochures. Tel eft . aujourd'hui le faftidieux *Perrin*; ne pouvant faire des fouliers , il a cru qu'il feroit des livres , & s'il s'eft créé auteur, fes productions qui croupiffent fur un quai ou dans l'arriere-boutique du librai-re *Duchefne* , le rendent fameux dans les provinces , & les pacotilles de bro-chures qu'il échange en Amérique con-tre du café ; lui on paifuadé que fon talent l'enrichiroit , parce qu'il ne fait pas qu'un Américain reffemble à un pri-fonnier à qui l'ennui fait lire tout.

Abraham Chaumeix crie depuis *Or-léans* jufqu'à Paris qu'il eft le vengeur de la religion , le deftructeur de l'héré-fie , l'apôtre de la vérité : tout cela pour-roit être cru par les hommes impartiaux, fi on ignoroit que l'hypocrite Abraham traite d'impies tous ceux qui condam-nent le maffacre de la journée de S. Bar-thelemi , comme s'il étoit permis de réunir l'amour de la vertu avec la cruauté & l'injuftice. D'ailleurs , on fait que maître Chaumeix a joué le rôle de Sal-tinbanque dans le cimetiere de S. *Mé-dard* ; c'eft cependant cet homme qui , avec de pareils fentiments , ne peut pas être foupçonné d'avoir les premieres notions de l'humanité : c'eft cet écrivain qui déchire les perfonnes les plus refpec=

tables par leurs mœurs & par leurs lumieres. Abraham brille au fein de la
multitude, & il trouve des gens affez
fots pour refpecter fes *oracles* abfurdes.
Oh, je ne cefferai de le répéter, croire
aux réputations, c'eft croire à la magie.

Palémon dont on vante l'auftérité des
mœurs, & les fervices qu'il aime à rendre à l'humanité; Palémon, qui n'a dans
la bouche que le mot d'honneur & de
probité, avec lefquels il s'eft impatro-
nifé chez les miniftres & chez les gens
du premier nom; & bien ce mortel privilégié, dont chacun redoute l'aigre
cenfure, eft efpion de la police qui le
paie ; ainfi ce perfonnage d'une vertu
exemplaire peut être mis au rang de
ces

Frippons autorifés pour découvrir les autres.

Le chevalier de *Narnelle*, l'abbé *Al-
bus*, & l'auteur des *Mémoires de milord
Stanley*, tous beaux efprits qui ont une
grande réputation, paffent pour être
du même acabit que Palémon. Quels
font, interrompit Silviane, ces mémoires de Stanley que je ne connois point.
Ce font, répondit le marquis, quatre
gros volumes contenant un recueil amu-

fant d'affassinats , de meurtres & de morts tragiques. Feu madame la duchesse *d'Orleans* l'appeloit son *livre de boucherie* ; en effet , Mesdames , c'est une *tuerie* perpétuelle ; si vous voulez que je vous entretienne de *Licasse* que vous avez vu ici , il y a quelques années.... Ah , de quelle horreur allez-vous nous parler , reprit Dalila ! c'est un monstre que cet homme ; il a eu la criminelle idée de se venger , lorsqu'il nous a quittées , de tous ceux qui lui avoient nui , & il les a consignés dans des recueils de plaisanteries , qui subsisteront autant que les hommes aimeront la satire & haïront la justice. Mais vous parlez *comme un ange* , repartit l'aigre Pétronille : ce petit auteur a eu tous les torts du monde de vouloir prendre un ton ; on le persécutoit ici ; & bien qu'avoit-il à dire ? Il devoit essuyer de bonne grace les désagréments que l'intérêt de nos plaisirs vouloit qu'on lui causât ; mais nous trouver ridicules & nous peindre tels que nous sommes , dès qu'il ne nous voit plus ; voilà un procédé irrégulier , dont j'ai confié la vengeance au docteur Arcolus. Madame , répondit ce sublime & gros génie d'un ton

moitié

moitié fec & moitié emphatique , je
vais prendre la plume , & vous me connoiffez affez pour être perfuadée que je
l'écraferai.... *Si vous tombez fur lui* , repliqua le marquis , car le poids de votre
individu anéatiroit...Point de ces propos,
Monfieur le perfiffleur, répondit Arcolus;
vous favez que je n'aime point les *rai-
fonneurs* , & que mon crédit s'étend ju-
qu'à les faire chaffer de la ville:on m'é-
coute , parce que j'ai le don de cabaler ,
l'art de dire des riens avec importance
& le talent de faire des dettes qui m'af-
tachent à l'éclat , & celui de furpren-
dre la religion du miniftere. Tant d'a-
vantages réunis doivent écarter vos bons
mots , & vous engager à ménager fa réputation , parce qu'en parlant ainfi ,
vous aurez *Vinculé* les nœuds qui m'atta-
choient à vous , & loin de voir *Majorer*
la gratification que je follicite en votre
faveur , depuis que , pour l'avantage des
intérêts de Sémiramis , vous avez quitté
le fervice. . . . . . *Vinculé* ... *Majorer* ? . . .
ah , miféricorde , s'écria le marquis un
peu confus de l'épigrame d'Arcolus, d'où
viennent ces mots bifarres? O ignorant ,
ignorantiffime , reprit le docteur de
Prague ! eft-il permis d'ignorer à votre

âge les termes de la chancellerie de
Larvefl , & ofez-vous bien afpirer au
titre de négociateur, fi vous ne connoiffez pas les expreffions dont nos lettres ,
conçues dans un François tudefque , font
enrichies ? Oh, je vais vous prouver par
trente- deux *documents* , foixante-huit
obfervations de cent douze politiques ,
& cinquante deux cahiers de gloffateurs, que l'univerfité de Prague révere,
que tout homme qui ne fait point l'éti-
mologie des mots , eft un homme....
Qui va à la comédie , repliqua le marquis , en faifant une profonde révérence au docteur. Toutes les dames fe
leverent & fuivirent le marquis , tandis
que le favant Arcolus prouva , divifa &
fubdivifa vingt- deux raifonnements très-
patétiques & lardés de bons paffages latins , pour prouver que l'on manquoit
au refpect qu'on devoit à tous les érudits
de l'antiquité, dès qu'on négligeoit d'entendre le bavard qui leur reffembloit.

Tandis que le docteur Arcolus argu-
mentoit en *Barbara & Baroco* fur l'af-
front qu'on lui faifoit, le cercle de Pétronille étoit au fpectacle , ou , fuivant
l'ufage, obfervé depuis 1749, de mauvais acteurs jouoient une bonne piece ,

&où les femmes, minaudant fous l'éven-
tail, cherchoient moins à cacher les
traits arides d'un vifage ufé qu'à rappeler des amants inconftants, ou à
agacer de jeunes fots : la comédie finit
avant qu'elles réuffiffent ; & je termine
ce roman en prévenant mes lecteuis que
je n'efpere pas pour lui un meilleur foit.
Les trois C * * * vaudront peut-être
mieux.... Le chevalier de C * * * s'arrête ici, & l'auteur du Colporteur pour-
fuit avec cette aigre fincérité dont il
fait parade, pour pouvoir jouer la méchanceté fous le manteau de la philo-
fophie.

Le chevalier, dont je viens de publier
la premiere partie des mémoires, avoit
de l'humeur, je n'y répondrai que par
un

ERRATA.

Tout ce qu'on vient de dire de B***&
de Paris, m'a paru très-faux quant à la
critique;mais exactement vrai quant aux
éloges. Le marquis eft un homme corrompu, qui voit tout du mauvais côté,
& cela dans la vue de fe diminuer l'horreur de fa conduite, en augmentant le
nombre de ceux qui l'imitent. B * * * eft

une ville qui reſſemble aſſez à toutes les
autres ; on y trouve de la politeſſe , de
l'eſprit , du gout , des talents , des connoiſſances , de la groſſiéreté , de la ſottiſe , de l'ignorance & du mépris pour
les arts ; mais , grace aux ſages qui
tiennent les rênes de l'état , ſous les ordres du reſpectable *Alexandre* ; les vertus & le mérite y ont un appui ſolide
comme on le verra au premier jour dans
les trois C. conte métaphiſique , actuellement ſous preſſe , on ne ſait pas bien
dans quel pays , malgré les émiſſaires
que les curieux ont mis en campagne.

F I N

Des Amuſements des Dames de B*** ,
& *de la première partie de cette hiſtoire*
mémorable.

LES TROIS C.

CONTE
MÉTAPHYSIQUE,

IMITÉ DE L'ESPAGNOL,

ET

Ajusté sous des noms François,
POUR
LA COMMODITÉ DE CEUX QUI N'ENTENDENT PAS LE FLAMAND,

Par l'AUTEUR du COLPORTEUR.

SECONDE PARTIE
DES
AMUSEMENTS des DAMES de B***.

Une chûte toujours entraîne une autre chûte.
Boileau.

A NANCY,

Chez HENRI GOUVEST, à l'enseigne du
Capucin, près le Place de l'Alliance.

Cette présente Année.

EPITRE

DÉDICATOIRE

A

Maître Louis mon Barbier.

VOus attendiez-vous, Louis, qu'en venant m'écorcher aujourd'hui, je vous honorerois d'une épitre dédicatoire qui fera paſſer votre nom à B***, c'eſt-à-dire, à l'immortalité ; car tout ce qui parvient en cetteville, obtient un paſſeport pour la poſtérité ; ſi vous aviez lu, Louis, ma démarche vous ſurprendroit moins, & vous ſauriez que, dans la même chambre où j'écris en ce moment ; le marquis *d'Argens*, qui conſpiroit ainſi que moi la ruine des libraires, dédia autrefois un volume de ſes *Lettres*

Juîves à *Maître Nicolas* Barbier de *dom Guichotte.*

Le souvenir de cette épitre vous a rappelé dans ma mémoire, & c'est à lui seul que vous devez l'honneur que je vous fais en ce jour que vous devez regarder comme le plus glorieux de votre vie.

Adieu, Maître Louis; que la faveur qui vous distingue, ne vous enorgueillise point? Continuez à rafer ceux qui vous paient, parce qu'une épitre dédicatoire n'est pas tout-à-fait une lettre de change.

L'Auteur du Colporteur.

PRÉFACE

Faite pour n'être pas lue.

VOici enfin ces Trois C. demandés depuis si long-temps. J'aurois satisfait plutôt à l'impatience du public, si j'avois trouvé plus d'ordre dans les manuscrits du chevalier de Ch***; mais le dérangement qui régnoit dans ses papiers, étoit égal à celui de ses affaires. Je n'aurois jamais pu terminer ce petit ouvrage, si les lumieres du profond Arcolus, qui a été mon Censeur, ne m'avoient guidé. La derniere partie des *Amusements des Dames de* B***, annoncée sous le titre de *Je m'y attendois bien*, ira plus vîte, & sera moins satirique que les deux premieres ; la raison en est simple, elle est de moi seul ; mais je me souviens que cette préface n'étoit pas faite pour être lue, ainsi il est inutile que j'aille plus avant.

D ᵴ

APPROBATION

DU

CENSEUR.

NOus, *Charles-Népomucene-Sigifmond Ferdinand chrétien Venceflas* Arcolus, *docteur en l'univerfité de Prague, & ci-devant lecteur du prince de* Mansfeldt *, & bibliothé-caire de l'abbé de* Fulde *, certifions avoir lu & relu un manufcrit intitulé :* Les Trois C. Conte Métaphyfique, *dans lequel nous n'a-vons rien compris , quoique nous ayions in-voqué , avant de le lire , tous les favans de l'Allemagne ; ainfi nous croyons qu'on peut en permettre l'impreffion avec d'autant plus de raifon, que ce livre, n'étant point enten-du , fera regardé comme une chofe myflé-rieufe qu'on refpectera. Fait à* B *** *, le qua-torzieme jour de la fuite de* Marignan *, & le vingtieme avant fa mort tragique.*

ARCOLUS.

LES TROIS C.

CONTE

MÉTAPHYSIQUE,

IMITÉ DE L'ESPAGNOL.

D On-Quichotte, n'eut pas plutôt remis le gouvernement de l'île de *Barataria*, à son fidele écuyer *Sancho-Pensa*, que celui - ci y publia des loix, dont la sagesse attira, près de son auguste personne, des beaux esprits, des politiques, des comédiens & des filles, car il en faut par-tout.

Parmi le concours d'étrangers qui vinrent chercher un asyle sous l'administration de *Pansa*, on distingua un triumvirat, c'est-à-dire, trois hommes réunis contre eux pour fronder le gouvernement de l'écuyer du sublime chevalier *de la Manche* ; &, comme le nom de ces

D 6

trois perfonnages commençoit par un
C , on les appeloit communément dans
l'île , Les Trois C.

Le premier fe nommoit *Chanval* , le
fecond *Cofmopole* , & le troifieme *Chat-*
huant. Ce trio accablé des bontés de
Sancho ne s'attachoit qu'à le critiquer ;
toutes leurs converfations rouloient ordinairement fur la perfonne du gouverneur ; tantôt on attaquoit fa boffe
& la péfanteur de fa taille , tantôt on
faifoit le procès à fon efprit , & on prétendoit que ces proverbes, qui lui étoient
fi familliers , & qui avoient fait tant de
fois l'admiration de don - Quichotte, &
de la Cour de *Dulcinée* , étoient une
preuve non équivoque de la féchereffe
de l'efprit , & on vouloit abfolument
qu'un homme qui poffédoit toutes les
langues fientifiques & étrangeres, & qui
avoit l'art de narrer avec goût , n'étoit
qu'une machine organifée que la mémoire faifoit mouvoir. Ceux qui s'efforçoit de prendre le parti de Panfa , ci-
toient fes fages ordonnances & les lettres érudites que , pour l'intérêt de l'état
confié à fes foins , il écrivoit au Sénat
de *Baratària*. Les Trois C. contradic-
teurs éternels , foutenoient que ces ou-

vrages étoient d'autant moins du gouverneur, qu'il y avoit beaucoup d'apparence qu'il ne les avoit jamais lus, quoiqu'il
fut entiché de la *Lectiomanie* ; enfin on
pouffoit l'efprit de fronde & de critique
jufqu'à lui faire un crime de fes vertus.

Sancho étoit demeuré garçon, par un
motif de tempérance. Les Trois C, au
lieu de louer cette façon de penfer, pré-
tendoient qu'il ne fe marioit point, pour
pouvoir, fans craindre les reproches
d'une femme, jeter le mouchoir à toutes les gourgandines de la ville. Il ne
buvoit pas de vin, dans la crainte qu'é-
pris de cette liqueur, il ne commît quelque injuftice. Le trio critique vouloit
que ce fut par avarice : il étoit pieux,
on difoit que c'étoit par timidité, comme s'il y avoit de la honte à honorer les
dieux ; il fe levoit le matin pour recevoir les placets, & donner audience ;
on avançoit que c'étoit par oftentation,
& pour avoir la réputation d'un travail-
leur ; enfin fon équité étoit taxée de dureté, fon goût pour les arts de manie,
fon animofité contre les gens qui abu-
foient de leur efprit, de fottife, & les
récompenfes qu'il faifoit donner aux favants, de défaut de difcernement.

C'eſtainſi que trois hommes, comblés des bienfaits de Panſa, critiquoient témérairement la profondeur de ſes vues, & la ſageſſe de ſon adminiſtration.

Les dieux ſont juſtes, & les Trois C. ont fait une fin qui a bien vengé le gouverneur de Barataric. Donnons un abrégé de la vie ſinguliere de ces trois écrivains, dont la plume fut toujours trempée dans le fiel, & commençons par Chanval.

Le premier C. nâquit en *Auſtraſie*, la treizieme année du regne du bienfaiſant *Veſpaſien*, pere de ce *Titus*, qui ſoutient aujourd'hui avec ſageſſe le globe de l'univers, & de cet Alexandre qui, après avoir montré la valeur attachée à ſon nom, à la tête des armées, fait aujourd'hui les délices de dix provinces que la prudence de *Semiramis* a confiées à ſes ſoins éclairés, & aux lumieres de *Burrus*, miniſtre, dont les talents & la ſagacité ſecondent efficacement les vues du prince.

Chanval paſſa les premieres années de ſa vie à la cour de Veſpaſien, au ſervice duquel ſon pere étoit attaché; mais le deſir de voyager, qui étoit en lui une manie plutôt qu'une envie de s'inſtrui-

re, le détermina à quitter fes dieux Pé-
nates à l'âge de dix-huit ans, & à chercher fortune dans les cours étrangeres ;
il avoit les yeux beaux, la phyfionomie
avantageufe, & beaucoup de cette affu-
rance qui féduit autant de femmes que
le vrai mérite. Chanval joignoit à ces
qualités extérieures un efprit enjoué,
des connoiffances & de l'agrément.

La *Germanie* fut le premier théatre de
fes exploits galants. Né gentilhomme,
mais un peu moins qu'il ne vouloit le
paffer, il avoit la fureur d'en vouloir aux
feize quartiers. Trois princeffes, dont il
a toujours confervé les lettres & les portraits, il eft vrai, qu'afin de leur perfuader qu'il ne gardoit leur image que
pour elles-mêmes, il les avoit dépouil-
lées des diamants qui les environnoient.
Ces trois princeffes, dont l'une étoit
fouveraine, dépoferent la gravité de leur
étiquette dans les bras de Chanval qui
voulut bien s'attendrir avec leurs alteffes;
beaucoup d'autres bonnes fortunes fui-
vront ces premieres. Quand une fois les
femmes de Germanie ont fécoué le préjugé, elles difent affez volontiers ce
qu'elles penfent fur les hommes : une
d'entr'elles, qui avoit été fort contente

de Chanval , célébroit avec entoufiafme ce mérite intérieur que la mode ne veut pas qu'on affiche , & qui fuffiroit feul pour plaire aux femmes. La comteffe de P***, chanoineffe de *Quedlimbourg*, fort difficile fur cet article , voulut juger par elle même fi on n'exagéroit pas fur le compte de l'Auftrafien ; elle l'agaça, fa qualité conftatoit les feize quartiers à Chanval ; ainfi voyant qu'il étoit en regle , & que fon imagination n'avoit point de méfalliance à redouter , il répondit aux prévenances de la tendre chanoineffe ; & comme cette dame étoit expéditive , le rendez-vous fut donné pour le foir même. Chanval fe rendit fans myftere chez fa nouvelle conquête ; elle étoit déjà couchée , & elle mettoit fon rouge *de nuit*, précaution que beaucoup de femmes fe répentent , au lever du foleil , de n'avoir pas prife. L'Auftrafien jouant l'empreffement fe jeta rapidement dans les bras de la comteffe ; mais ce mérite qu'on lui avoit tant vanté , lui parut fi mince , qu'elle s'écrira, *n'eft-ce que cela ? Oh , ce n'eft pas la peine de vous déshabiller ?* Chanval ftupéfait fe retira confus , & mit le lendemain cette aventure en vers ; mais la comteffe étoit

aguerrie, & la mufe de l'Auftrafien ne
fit aucun effet fur cette femme blafée.
Chanval avoit un fonds de vanité iné-
puifable, qui fit fon malheur. Continuant
à parcourir la Germanie, il devint
amoureux d'une femme jolie qui portoit
le nom d'une maifon regnante. En étoit-
elle? n'en étoit-elle pas? C'eft une queftion que je laiffe à décider aux généa-
logiftes.

Quoi qu'il en foit, notre C. ébloui de
ce nom, & frappé de la beauté de *Valteline*, prononça le mot fatal, & devint
époux ; les fuites de cette union n'ont
dû flatter ni le mari ni la femme.

Chanval parvint après bien des courfes à mettre en ufage les talents qu'il
avoit pour la politique. Hardi dans fes
négociations, & toujours perfuafifs, il
étoit fouvent affez heureux pour faire
circuler fa fauffe monnoie, c'eft-à-dire,
à faire paffer pour des raifonnements
valides des prétextes éblouiffants & fpé-
cieux ; c'eft auffi ce qu'il appeloit lui-
même la charlatanerie du métier. Le
fuccès de fes premieres opérations qu'il
foutenoit toujours avec une jactance faf-
tueufe, le fit entrer dans le miniftere
d'un grand prince qui le chargea de fes

intéréts à la cour d'*Albion*. Chanval ;
débarquant dans la capitale de ce royaume , fut environné par une foule de
peuple qui étoit fur les bords de la Ta-
mife ; fa femme effrayée des regards
curieux de cette multitude, lui demande
ce que tout ce monde vouloit. *Madame*,
lui repartit Chanval, *tous ces gens qui
me voient ici débarquer, ne devinent guères
que je ne quitterai pas Albion que je ne
leur aie mangé cent mille écus.* Il tint parole.

L'agrément de fa converfation , &
toutes les anecdotes intéreffantes dont il
étoit inftruit, le mirent fort avant dans
la confiance de l'héritier préfomptif,
dont il conferva , pendant toute la vie
de ce prince , une penfion de cent
louis , que la bienfaifance de la Douai-
riere a fait paffer à Valteline. Chanval
rappellé à la cour du fouverain, dont
il ménageoit les intéréts à Albion , fut
affez heureux pour être utile à fon maître naturel , & à l'augufte Sémiramis :
le fruit de fes fervices fut une place fans
fonctions qui lui valoit environ fix mille
livres de notre monnoie ; mais cette
fomme , qui auroit pu fuffire à un homme rangé , ne pouvoit payer le quart

de la dépenfe de Chanval : il fit des dettes que fes maîtres payerent ; les circulaires qu'il adreffoit tous les ans aux différents princes de l'Europe, lui valoient mille louis au moins; & depuis l'ouverture de la guerre il avoit fi bien ménagé fes intérêts, que, nouvel *Arétin*, il tiroit une contribution des amis & des ennemis; c'eft un fait dont j'ai la preuve.

La vie prodigue qu'il menoit en lui conservant fa place, lui ôta infenfible-ment la faveur de *Burrus* : on l'exila honorablement de *la Belge*, & après avoir dit tendrement à Valteline :

Dans cet embraffement, recevez mes adieux.

Il partit accompagné de *Finetes*, ef-pece de maîtreffe qui lui tenoit lieu de femme. Chanval, arrivé fur les Fron-tieres de la *Belge*, balança long-temps fur le parti qu'il avoit à prendre ; &, changeant à chaque inftant de réfolu-tion, il fe détermina enfin de paffer à *Amfterdam*, où il s'embarqua pour fe rendre, par le détroit de *Gibraltar*, à l'île de Barataria.

Ce fut-là que Chanval inconnu dreffa de nouvelles batteries, pour mériter la confidération de Panfa, les faveurs du beau fexe, la confiance des marchands, & les refpects de la populace : fon projet fut rempli à tous égards, mais ces diftinctions, qui ne furent que momentanées finirent long-temps avant lui.

Le gouverneur de l'île, qui aimoit les proverbes, trouva dans Chanval un homme complaifant, qui, inftruit du goût de Sancho, ne lui parloit que proverbialement. Lorfqu'il avoit quelque grace à demander à fon excellence, il lui écrivoit dans ce jargon, comme on peut en juger par la lettre ci-jointe, qui lui valut une gratification de cent piftoles d'or, que le généreux Panfa lui affigna fur la caiffe fecrete, où l'on puifoit affez ouvertement.

LETTRE

DE

CHANVAL,

Adreſſée à ſon excellence M. le Gouverneur de l'île de BARA-TARIA,

MONSEIGNEUR,

QUOIQUE vous déteſtiez ce titre, ſouffrez que je vous le donne, parce que *, comme dit l'autre, chacun le ſien ce n'eſt pas trop :* d'ailleurs *, à tout ſeigneur, tout honneur.* Il y a deux mois que les hautes vertus de votre excellence m'ont attiré dans cette île : vous ſavez qu'*où la chevre eſt attachée, il faut qu'elle y broute,* & je n'ai pas de quoi brouter : *on ne vit pas de l'air du temps.* Les marchands qui ſont de fort honnê-tes uſuriers, m'ont fait crédit juſqu'à ce jour: *mais tant va la cruche à l'eau qu'enfin elle ſe caſſe :* ſi on me refuſe crédit, *adieu*

panier , *vendanges font faites.* Vous êtes
trop bon , Monfeigneur , pour vouloir
qu'on dife de moi , *il faut mourir petit*
cochon , il n'y a plus d'orge. Tout cela
vous annonce que je ne fuis pas ici *pour*
enfiler des perles , & qu'il faut que je
vive convenablement à l'état d'un homme que vous honorez de votre confiance.
Mettez la main fur la confcience , & fa-
chez que *monnoie fait tout :* vous n'avez
pas l'ame dure comme une enclume , &
vous ne me refuferez pas une gratification que je prendrai telle qu'elle foit ,
parce que je fais que qui *refufe mufe.*

CHANVAL.

Cette platitude , digne des halles ,
fut accueillie avec tranfport par Panfa :
il la fit incrufter dans un cadre d'or ,
qu'il plaça dans fon cabinet de porcelaines , comme un monument de fon
amour pour les arts qu'il fe flattoit de
protéger : il fit plus , il décréta non-
feulement la demande de Chanval ,
comme je l'ai remarqué plus haut , mais
il l'honora de la charge de fon premier
conteur : dignité importante dans un
gouvernement où le perfiflage tenoit

lieu de mérite, & la médifance d'efprit.

Chanval, voyant augmenter fon crédit, en devint plus faftueux, & plus agaçant auprès des femmes : il en eut beaucoup, & ne le tut à perfonne.

La difcrétion n'eft pas la vertu des Auftrafiens ; &, fi j'en crois les mémoires de Chanval, qu'il a laiffés manufcrits fous le titre impertinent de LISTE DES FEMMES POUR QUI J'AI EU DES BONTÉS, toutes les dames & foubrettes de l'île de Barataria avoient été fes bonnes fortunes : il avoit au-deffous du nom de chacune d'elles une bague en forme de nœuf d'amour, tiffu de leurs cheveux ou de quelque chofe approchant : ce fottifier galant eft parfemé de bonnes anecdotes, mais il faudroit un vo'ume pour les contenir. D'ailleurs, je n'écris que pour *les Amufements des Dames de* B***, & ces aventures pourroient bien leur déplaire, parce qu'elles ne font pas écrites avec toute la décence dont ces Dames font fufceptibles. Je ne puis cependant me difpenfer d'en rapporter deux que je couvrirai d'une gaze legere : un voile trop épais pourroit nuire au tableau, en offufquant les objets qu'il doit repréfenter.

J'ai déjà remarqué que Chanval, plus entiché qu'un *Dombern* de *Mayence*, de la manie des *seize quartiers*, se piquoit d'avoir des femmes titrées. La comtesse de *Grandvalon* arriva à Barataria; c'étoit une femme qui faisoit de la dévotion comme on fait un métier : son maintien hypocrite augmenta les desirs de Chanval : il lui fit, non pas une *déclaration*; son impudence & les femmes faciles qu'il avoit rencontrées en entrant dans le monde, lui avoient laissé ignorer cet usage ; il débutoit toujours par une *proposition* ; & cette audace confiante lui réussissoit si souvent, qu'il ne vouloit point changer son ton, & faire un nouveau cours de galanterie. Madame de Grandvalon parut scandalisée au premier mot ; elle s'adoucit au second, & se rendit au troisieme : c'est la regle des procédés. Chanval, flatté de cette nouvelle conquête, l'arracha de sa chaise longue, & l'approcha d'un canapé où l'Aigledon de la mollesse demandoit à être marié au plaisir : le feu de la volupté brilloit dans les yeux de la comtesse : l'ardent Chanval alloit confondre son ame avec la sienne, lorsqu'un remords, feint ou réel (c'est ce que

l'histoire

l'hiſtoire laiſſe deviner aux commentateurs) vint frapper Madame de Grandvalon. Ah ciel ! s'écria-t-elle : que vais-
je faire ? *Je me damne ?* Et moi , Madame , repliqua Chanval , que l'aſpect du
vaſte ſiege du plaiſir avoit effrayé, *je
me ſauve.* La comteſſe humiliée voulut
le rappeller , mais l'Auſtraſien avoit vu ,
& ſes yeux l'écarterent du précipice.

L'autre n'a peut-être d'autre mérite
que celui de la célébrité de la marquiſe
de Prérive qui en eſt l'objet : cette femme, née dans l'Auſtraſie,ainſi que Chanval , s'étoit mariée dans le Comté de
Nichi , à un homme fort riche , dont la
figure peu avantageuſe n'étoit pas faite
pour fixer une jolie femme qui traînoit
avec elle les graces , l'amour du plaiſir ,
la légéreté & l'inconſtance , idoles de
preſque toutes les femmes , & même de
celles que nous appelons *prudes* , parce
que nous les connoiſſons mal.

La marquiſe avoit logé Chanval chez
elle : & l'habitude où ils étoient de
veiller enſemble , leur avoit fait perdre
l'uſage de ſe demander le matin , ſi
l'amour les raſſembleroit le ſoir. L'Auſtraſien avoit ſoupé chez le gouverneur ,
& Madame de Prérive , qui ne comptoit

point fur lui, avoit donné rendez-vous
au comte de *Damviller*, qu'elle hono-
roit de fes bontés, quand elle ne favoit
à qui les prodiguer. Le comte, en robe
de chambre, attendoit impatiemment
que la toilette de nuit de la marquife
fut achevée, lorfqu'on entendit un carroffe s'arrêter à la porte : c'étoit, comme on s'en doute bien, Chanval qui
rentroit. La marquife ayant fermé la
porte de fa chambre, fit dire à Chanval qu'elle étoit couchée : celui-ci
monte, fe fait déshabiller, & à peine
lui a-t-on mis fa robe de chambre, que,
prenant un bougeoir à la main, il def-
cend chez la marquife ; mais en homme
qui n'oublioit rien, il ne s'avifa point
d'aller frapper à la porte ordinaire, il
en avoit fait pratiquer une que Madame
de Prérive ignoroit, parce que la tapif-
ferie la lui cachoit, & entrant à la dé-
robée, il apperçut Damviller, qui fe
difpofoit à lui ravir un bien qu'il croyoit
fauffement être à lui feul : car Chanval
ne compta jamais les maris pour quelque chofe. Quoi! c'eft vous, comte, lui
dit-il ? Moi-même, cher ami, repliqua
celui-ci. *Ami*, repartit Chanval, il me
paroît que vous voulez être celui de

Madame plutôt que le mien. Pendant
cet entretien, qui dura quelques minu-
tes, la Marquise embarraffée ne difoit
mot: cependant, invitée par les deux
concurrents de s'expliquer fur la préférence que tous deux efpéroient, elle
répondit que le cas étoit embarraffant,
quoiqu'il ne fut pas nouveau pour elle.
Cet aveu ingénu plut aux deux rivaux
qui la prefferent de plus belle à s'expliquer. Madame de Prérive auroit bien
voulut les garder tous deux : mais fachant à quel point Chanval étoit jaloux,
elle voyoit à regret que cela ne fe pouvoit point. Parlez donc, Madame, lui
dit le comte d'un ton impatienté. La
Marquife, plus embarraffée que jamais,
fit l'éloge des deux concurrents, & mê-
lant dans fa phrafe le mot d'*eftime*, que
les femmes connoiffent fi peu, & dont
elles abufent fi fouvent, elle finit par
dire que, dans une circonftance pareille
à celle où elle fe trouvoit aujourd'hui,
les prétendants, à aucun defquels elle
n'avoit voulu donner la préférence,
avoient pris le parti de laiffer au fort à
décider qui des deux refteroit. La propofition fit rire, & après beaucoup de
plaifanteries, dont Madame de Prérive

E 2

étoit l'objet tranquille, Damviller &
Chanval convinrent de jouer les bontés
de cette femme dans un cent de piquet.
La Marquife, certaine de ne pas coucher feule, fe mit au lit, tandis qu'on
difputoit fes faveurs. Chanval fit 45
points dans le premier coup, & paro-
diant la fcene d'*Aldobrandin* dans *le
Magnifique*, il s'écrioit à chaque inftant :
*j'ai déjà 45 points fur les faveurs de la
Marquife ;* mais ces jactances durerent
peu, un repic fit paffer Damviller dans
le lit de Madame de Prérive, qui lui
dit le matin qu'il ne faifoit de grands
coups qu'au piquet.

Chanval confus reprit fon bougeoir,
& remonta dans fon appartement, où il
paffe la nuit à mettre en beaux vers le
conte qu'on vient de lire en affez méchante profe.

Voilà tout ce que la décence, que j'ai
peut-être un peu outragée dans ces deux
hiftoires, me permet de rapporter de
toutes les bonnes fortunes que Chanval
a eues dans l'île de Barataria. Valteline,
qui n'avoit point voulu être la trifte
fpectatrice de fes inconftances, s'étoit
féparée de lui : & Chanval fe voyant
abandonné de fa femme, joua le fen-

timent , & quitta la vie , regretté de fes feuls créanciers. Les infulaires , ayant trouvé beaucoup de plaifanteries trop vives contre leur gouverneur, dans les manufcrits que Chanval laiffa , vengerent Sancho , en mettant à l'enchere le portrait de l'écrivain : cette injure étoit dans l'île la plus grande qu'on pût faire à la mémoire d'un mort. *Cofmopole* , piqué de voir ainfi outrager fon ami , acheta le portrait dont il décora fon anti-chambre : mais , comme tout eft muable dans ce bas monde , la fortune de celui-ci ayant été ébranlée , comme on va le voir dans l'inftant , le portrait de Chanval alla encore une fois à l'enchere ; & *Finette* , par refpect pour la mémoire d'un amant qui l'avoit deux fois fait mere , en pare aujourd'hui fon taudis. Chanval eut à peine terminé fa carriere , que Cofmopole fe mit fur les rangs auprès du gouverneur : mais il eft important de le faire connoître , avant d'apprendre aux lecteurs quelle fut l'iffue de fes prétentions. *Cofmopole* nâquit en *Neuftrie* , d'un pere dont le métier étoit d'envelopper le poivre & la canelle dans les écrits des *Accarias* de fon temps. Veuille le Dieu *Momus* , qui , du haut

de fon trône colifichet , préfide à mes
ouvrages , préferver celui-ci de la boutique des épiciers dont le pays Belgique
abonde ! Cofmopole avoit de la vivacité,
les *Inigiftes* & les *Affifiens* fe le difpute-
rent pendant long-temps : & ce qui
étonnera ceux qui connoiffent la politique & les reffources d'intrigues des premiers , ils furent fupplantés ; & les dif-
ciples de *Dom-Inigo* , céderent aux éleves du patriarche d'*Affife*. Cofmopole ,
qui portoit alors le nom de fon pere
qu'il a dédaigné depuis , entra donc
chez nos Bramines , & fe couvrant de
la foubrevefte capucinale , il laiffa croître fa barbe , mangea mal-proprement ,
fe ceinturonna d'une corde , & marcha
les jambes nues : le tout , difoit-il ,
pour gagner le ciel , comme fi Dieu fe
laiffoit toucher par ces démonftrations
extérieures. *Bermeau* faifoit l'efpoir des
Bramines qui , lui trouvant toute l'élo-
quence volubile du réformateur de *Cî-
teaux* , lui donnerent unanimement le
nom de *Bernard* , fous lequel il fe lia
par un vœu folemnel : mais le repentir
& l'inconftance qui ont fait de tout
temps l'effence de fon caractere , ne lui
permirent pas de tenir long-temps fes

ferments. Se trouvant un jour au chauf-
foir avec tout la gente Affifienne, il
demanda au fupérieur *fi le fondateur de*
leur ordre, n'etoit pas ivre, lorfqu'il com-
pofa fa regle. Le vénérable, effrayé d'une
queftion auffi impudente, mit Bernard
en pénitence, & lui ordonna d'aller faire
la quête pendant un mois dans toute la
ville. Le jeune Affifien, indigné qu'on
le réduisît aux viles fonctions d'un frere
laïque, fe vengea, ou du moins crut fe
venger du mépris qu'on faifoit de lui,
en méditant le projet de fe débarraffer
de la livrée de faint François. L'exécution de ce deffein n'étoit pas aifée, mais
rien ne paroiffoit impoffible à l'ingénieux Bernard; &, s'étant apperçu, dès
le premier jour de fa courfe, que la
femme de chambre de la veuve d'un
confeiller au parlement lui faifoit les
yeux doux, il s'avifa de rifquer un billet
tendre à Mademoifelle *Marianne* (c'eft
le nom de cette fille) qui y répondit le
lendemain plus tendrement encore, &
de tendreffe en tendreffe, il propofa
une *fugue* à Marianne qui l'accepta avec
tranfport. Toutes les difpofitions du
voyage étant réglées, Bernard fe rendit
chez la veuve au moment où Marianne

E 3

étoit feule. La fripperie , où l'équipage
de l'ex-capucin avoit été acheté, l'affu-
bla d'un habit verd, fous lequel il fortit
promptement de la maifon , pour fe
rendre hors des portes de la ville , où
Marianne devoit le rejoindre : mais à
peine *Bermau* étoit-il à vingt pas de la
maifon d'où il fortoit, qu'il fe vit affailli
par une troupe de poliffons qui le pour-
fuivoient avec des huées fingulieres :
l'ex-capucin , ne doutant point qu'il
étoit reconnu, alloit retourner fur fes
pas pour reprendre la cafaque qu'il venoit de quitter, lorfqu'il s'apperçut qu'il
avoit oublié de fe faire rafer : s'imagi-
nant alors avec raifon qu'il ne devoit la
foule qui l'environnoit qu'à fa grande
barbe : il fe jeta dans la boutique d'un
barbier. Mais quelle fut fon étonnement,
lorfqu'il apperçût fon pere qu'on rafoit !
Celui-ci ne le reconnut point , & Bermeau , prenant l'accent provençal qu'il
imitoit parfaitement , demanda l'au-
mône pour un pauvre efclave échappé
des mains des Turcs. Son pere , qui ne
pouvoit mettre la main à la poche,
ordonna à un des garçons du barbier de
lui donner douze fols avec lefquels il
alla fe faire rafer : après quoi il rejoignit

Marianne, qui l'attendoit dans une bonne chaife à la porte qui mene à *Lutéce*, où ce couple fe rendit.

Bermau y troqua alors le nom de fon pere contre celui d'*Imbert Rocourt*. Marianne fut l'objet de fes vœux, tant qu'elle eut de l'argent : mais auffi-tôt qu'il vit que les finances de cette fille diminuoient, fes tranfports fe ralentirent, & il l'abandonna avec la certitude funefte d'être mere. A peine Imbert Rocourt, ou plutôt Cofmopole, nom que fes grands voyages lui ont fait donner, & fous lequel je le défignerai dans le refte de cette brochure métaphyfique ; à peine notre aventurier eut-il quitté Lutéce, que le tailleur & fes autres créanciers pourfuivirent fa maîtreffe ; mais cette infortunée les attendrit en leur peignant fa fituation ; & fon embonpoint prouvoit affez qu'elle n'en impofoit pas. Sans argent & fans reffources, elle alla dépofer à l'*Hôtel-Dieu* le fruit de fa foibleffe & du libertinage de Cofmopole : mais la mere & l'enfant périrent deux jours après la naiffance de celui-ci. Tandis que la pauvre Marianne languiffoit à Lutéce en attendant la mort, fon perfide amant

E 5

prenoit la route de l'Alface ; il arriva à Strasbourg dans les premiers jours de feptembre de l'année 1741, fous le nom de *Georges Rolin de S. Quentin*, qu'il prit à la barriere & à l'auberge de *la Haute Montée* où il logea.

Quand il s'apperçut que fes fonds baiffoient, il chercha à fe placer chez le préteur royal pour diriger les études de fon fils. M. de *Klingkling* fut ébranlé, mais les Jéfuites, accoutumés à juger des hommes d'après la phyfionomie qu'ils portent, affurerent au préteur que Cofmopole avoit un vifage finiftre qui annonçoit qu'il finiroit mal : notre homme manqua donc fa place ; mais comme M. de Klingkling étoit généreux, il lui donna vingt louis d'or avec lefquels il partit pour l'Allemagne.

Arrivé à Francfort, il y prit le nom du baron *de Gouveft*, gentilhomme de la baffe Normandie : il trancha du feigneur pendant les trois ou quatre premiers jours ; mais, réfléchiffant qu'il ne trouvoit pas toujours un préteur royal, il congédia le laquais qu'il avoit pris, & renvoya fon carroffe de remife, en fe déterminant à réimprimer, *avec Mafcarille*, fes pieds dans la boue.

Cofmopole né diffipateur, parce qu'il n'avoit jamais connu le prix de l'or , ne réfléchiffoit qu'à la derniere extrémité fur les befoins dont l'avenir le menaçoit; & ayant réfolu d'embraffer le Luthéria-nifme , il crut que pour prévenir les efprits , il falloit qu'il donnât un témoi-gnage avantageux de fa façon de penfer : & pour cet effet , il effaya fa plume pour la premiere fois , & compofa un *Traité de morale* : cet ouvrage fut à peine fini que Cofmopole le porta au libraire *Eftinger* qui s'enfuit au feul mot de *morale*. Lifez , monfieur , lifez , lui dit l'auteur ; & fi le ftyle ne vous plait point , je ne vous demande rien. Vous me connoiffez mal , répondit le libraire je ne lis jamais les livres que je vends , & je n'en achete que fur le titre ; je n'ai pour pratiques que des jeunes gens empâtés dans le libertinage , où mon devoir eft de les entretenir , parce que cela me fait vivre ; & fi j'allois leur préfenter de la morale , ils me pren-droient pour un homme qui radote ou qui veut les infulter. Mon fonds con-fifte dans *le portier des chartreux* & au-tres livres de cette efpece ; le tout en-trelardé de quelques bonnes brochures

E 6

contre la France , que *Froment de Gar-*
zigues , mon crocheteur littéraire, me
compofe à bon marché ; fi cela vous
convient, parlez. Que dites-vous , malheureux , s'écria Cofmopole , d'un ton
hypocrite & fauffement patriotique ?
ignorez-vous que je fuis chrétien &
François;foyez le diable fi vous voulez ,
repartit Eflinger ; pour moi , je ferai
honnête homme quand je ferai riche ;
mais j'ai une fortune à faire avant d'en
venir là. Cofmopole, jouant l'indignation , fe retira & fe rendit chez un miniftre Proteftant, à qui il s'ouvrit fur
le deffein où il étoit d'embraffer le lu-
thérianifme; mais cet eccléfiaftique en-
trevit dans les projets du profélyte des
vues intéreffées , qui le déterminerent à
lui dire que les converfions fubites
étoient ordinairement fufpectes, & qu'il
falloit du temps pour juger des vrais
fentiments d'un homme qui vouloit
embraffer une autre religion que celle
dans laquelle il eft né. Il finit cependant
par lui promettre que l'églife proteftante
lui ouvriroit fon fein après fix mois d'une
conduite irréprochable & édifiante. Demander fix mois d'une bonne conduite
à Cofmopole ; c'étoit forcer la nature ,

& exiger l'impoſſible ; d'ailleurs le faux frere n'avoit qu'une vue d'intérêt , comme on le fut deux jours après d'un ſecrétaire du duc de *Saxe - Meinon* , qui étoit alors à Francfort , & qui dit hautement que Coſmopole ne s'étoit déterminé à cette démarche , que dans l'eſpérance que le prince, qu'on vient de nommer , feroit ſon parrain , & qu'il en auroit un préſent conſidérable. Ce deſſein étant échoué , Coſmopole prit la route de la Franconie , pour paſſer dans le pays des Sarmates , où il avoit fait le projet de s'établir ; mais avant d'en venir là , il voulut ſe venger ſur les catholiques du tour qu'il n'avoit pu jouer aux proteſtants ; & *Vuriʒbourg* fut le lieu qu'il choiſit pour ſon expédition.

A peine fut-il arrivé dans cette ville , la réſidence d'un prince Evêque , qu'il alla ſe jeter aux pieds de ce prélat , & lui dit que, né dans les *Cevennes*, il avoit juſqu'à ce jour ſuivi la religion réformée, qui étoit celle de ſes peres ; mais que le deſir de ſe faire catholique , l'avoit engagé à quitter ſa famille , & à ſacrifier les grands biens qu'il avoit à eſ- pérer : l'Evêque l'invita à dîner , & lui ayant demandé où il s'étoit fait inſ-

truire, Cosmopole bâtit une histoire
très-vraisemblable, qui détermina ce
prince à fixer le jour destiné à la pré-
tendue conversion de cet imposteur.
Depuis cette premiere entrevue, Cosmopole mangeoit tous les jours à l'évêché ; & le prince, flaté d'avoir amené
à la religion Romaine un gentilhomme
de mérite, lui promit les lettres les plus
pressantes pour la Sarmatie, où il alloit, disoit-il, chercher du service. Cosmopole, enchanté de voir sa fourberie
sur le point de réussir, alla le jour qui
étoit destiné à son abjuration, dîner à
son ordinaire à l'évêché; mais, quelle fut
sa surprise, en se mettant à table, de
se trouver en face du Baron *de Schuartz*,
qui l'avoit connu particuliérement à
Francfort. Le Prince Evêque, en faisant l'éloge de Cosmopole, apprit au
Baron ce qui devoit se passer dans l'après-
midi. M. de Schuartz, qui étoit un
de ces bons Allemands du vieux temps,
dont la franchise forme le caractere,
répondit à l'Evêque, en l'instruisant du
dessein que Cosmopole avoit conçu
d'abjurer le catholicisme à Francfort,
pour y embrasser la religion protestante.
L'aventurier déconcerté chercha à se

tirer de ce mauvais pas par des diftinctions; mais le prince , qui ne voulut
rien entendre , le fit chaffer de fon
palais , & ne lui donna que deux heures pour fortir de fa réfidence , & deux
jours de fes états. *Deux jours* , répondit l'inpudent Cofmopole ? *Eh , je n'ai
qu'à cracher & fuivre ma falive pour être
hors de vos petits états.* Le Baron de
Schuartz, indigné de l'infolence du propos demanda à l'Evêque la permiffion
de le jeter par les fenêtres ; mais ce
Prince qui étoit la bonté même , envoya dix ducats à Cofmopole , qui prit
le même jour la route de la Sarmatie.
Ce fut-là que , prenant toujours le titre
de Baron *de Gouveft* , il entra dans la
familiarité de plufieurs gentilshommes
Sarmates , qui le firent connoître à un
des principaux Seigneurs de cette cour :
& comme il parle beaucoup plus éner-
giquement qu'il n'écrit , il perfuada
ce Seigneur qui le fit gouverneur de fon
fils. C'eft à ce jeune éleve qu'il dédia depuis fon *école du gentilhômme* , dont
nous dirons peut-être un mot dans fon
temps. Il eft à remarquer que l'épître
dédicatoire de ce livre , mieux penfé
que bien écrit , commence élégamment

par ces mots ; *ça été pour vous.* Cosmopole parvint à être connu du premier
ministre du Roi des Sarmates, qui,
suivant ce caractere de bienfaisance &
de générosité qui le distingue dans tout,
l'honora de ses bontés ; mais il obligeoit
un ingrat qui méconnut ses bienfaits.

> Et qui bientôt serpent envénimé,
> Piqua le sein qui l'avoit ranimé.

Cosmopole se ligua avec quelques fron-
deurs du ministere , & composa une
satire contre son bienfaiteur. Le roi,
qui fut instruit de cette audace, ordonna
qu'on le mit pour le reste de ses jours
dans une prison d'Etat. Cette retraite
devint utile à Cosmopole : les livres
qu'on lui prêtoit, l'engagerent à s'attacher à la politique ; & livré entiére-
ment à l'étude des intérêts des princes,
il fit des progrès sensibles dans cette
science , la seule qu'il connoisse assez
bien. Après trois années de captivité , il
écrivit à un bonze qui étoit envoyé en
Sarmatie de la part de la cour de *Monte-
Cavallo* , qu'il avoit un secret important
à lui révéler. Le bonze se transporta le
même jour au lieu où l'aventurier étoit

détenu; mais quelle fut la furprife de ce prélat, lorfque Cofmopole à fes genoux lui déclara qu'il avoit fait fes derniers vœux, & pris les ordres dans la congrégation des Affifiens. Le bonze le releva avec bonté, & après avoir pris de lui tous les éclairciffements analogues à cet événement, il lui promit d'employer fon crédit pour lui procurer la confolation de retourner dans le bercail qu'il avoit quitté ; en effet il écrivit le lendemain au fupérieur des Affifiens de Neuftrie, qui envoya deux pafteurs de fon ordre, pour aller chercher la brebis égarée.Les Affifiens arriverent en Sarma tie; & après en avoir obtenu la permiffion du bonze, ils affublerent, pour la feconde fois, Cofmopole de l'accoutrement capucinal ; mais il n'obtint cette grace qu'à condition de fe rendre fur le champ avec fes deux guides à Monte-Cavallo, pour y obtenir le pardon de fes égarements. Cofmopole quitte la Sarmatie & prend la route de l'Italie ; il arrive enfin dans la capitale du monde, fe profterne aux pieds du Souverain, obtient la rémiffion qu'il venoit d'implorer, & part pour retourner dans fa patrie : le voyage fut long, parce que

les Aſſiſiens ne connoiſſant point la
commodité des voitures vont à pied,
& portent, comme l'infanterie ; tous
leurs bagages avec eux. Coſmopole fut
aſſez guai pendant cette route pénible ;
mais dès qu'il ſe vit près des frontieres
de l'Helvetie, il commença à devenir
rêveur;il avoit l'air d'un homme ſombre
qui rumine un projet ; effectivement,
il en méditoit un qu'il exécuta dans la
derniere ville où le trio Aſſiſien coucha
avant d'entrer dans le pays Helvetique.

Les trois ſolitaires couchoient dans
la même chambre. Coſmopole qui avoit
enivré la veille ſes deux guides, leur
conſeilla de profiter de l'honnêteté de
l'hôte qui les avoit accueillis & de dormir pour ſe ſoulager entre deux draps.
Les Aſſiſiens qui n'avoient plus aſſez
de préſence d'eſprit, pour ſe reſſou-
venir des regles de leur fondateur, ſui-
virent le conſeil de Coſmopole, & ſe
déshabillerent ; celui-ci les voyant bien
endormis, prit leurs habits & deſcen-
dant à petit bruit, il alla les jeter dans
une cîterne qu'il avoit remarquée la
veille, & ouvrant ſans bruit la porte de
l'écurie, il ſortit de la ville, & marchant toute le nuit, il arriva à *Lauſanne*

à la pointe du jour ; & déposant son
habit monacal dans un temple , il embraffa la religion réformée. Tandis que
toutes ces chofes fe paffoient dans le
pays Helvetique , voyons la furprife &
l'embarras de deux guides , qui appel-
lant d'un ton lamentable le frere de
Bernard , crioient dans le défert : *vox
clamantis in deferto*. Ce n'étoit pas le
tout d'avoir perdu la brebis confiée à
leurs foins ; ils étoient fans habits , &
dans une petite ville où le drap , propre à leur vêtement , leur manquoit.
Que faire ? Obligés de fe tenir au lit ,
nos deux Affifiens réfolurent d'envoyer
un exprès au couvent le plus prochain
de l'Elvetique , pour informer leurs freres de l'aventure fàcheufe qui venoit de
leur arriver ; mais un domeftique étant
allé puifer de l'eau dans la cîterne ,
y trouva les deux habits des Affifiens :
on les fit fécher pendant quelques jours ;
& dès que les reclus purent les endof-
fer , ils partirent pour leur patrie ,
où ils arriverent avec le regret ,
ou plutôt la confolation de ne point
amener avec eux le frere fugitif. Cependant celui-ci n'eût pas plutôt em-
braffé le calvinifme , que , profitant des

études qu'il avoit faites dans fa prifon de Sarmatie , il fit un livre politique qui lui rapporta quelque argent ; il compofa enfuite quelques Romans , qui le firent vivre pendant près d'une année dans une forte d'alliance ; mais la vie peu réglée qu'il menoit & les propos licencieux qu'il tenoit fur la religion , ayant fcandalifé les pafteurs de l'églife de Laufanne , ceux-ci porterent leurs plaintes aux magiftrats, qui ordonnerent à Cofmopole de fortir de la ville. Il effaya vainement de trouver un afyle à Geneve ; le confiftoire , inftruit de fes mœurs , ne lui permit que d'y féjourner trois jours.

Que faire ? Que devenir ? Cofmopole fort embaraffé de fa perfonne gagna , par des chemins détournés , la Hollande où il féjourna peu ; & il paffa de-là à Albion , où il prétend qu'il fe maria pour la premiere fois. Que ce mariage foit réel ou non , la vérité eft qu'il eut un fils nommé *Henri* , qui eft actuellement en penfion fur *l'Eftrapade* à *Lutéce.* Cofmopole commença à Albion l'*Hiftoire politique du fiecle* qu'il propofa par foufcription ; mais cette voie lui réuffit mal ; & quoiqu'il criât quatre fois le jour dans les caffés qu'il étoit le premier génie du siecle , perfonne ne voulut le croire. Cet ouvrage qui annonce des connoiſſances diplomatiques , le fit connoître du miniſtre, qui daigna lui accorder quelques heures que Cofmopole mit à profit en développant tout le feu d'une imagination vafte ; car la néceſſité où je fuis de dire la vérité , m'engage de remarquer que fi notre auteur écrivoit auſſi vivement qu'il imagine , il feroit réellement un grand homme. Le premier entretien qu'il eut avec le miniſtre d'Albion , prévint en fa faveur , & lui en obtint un fecond dans lequel Cofmopole offrit fes fervices , & fe propofa pour aller épier , dans un état voifin , l'efprit des différents miniſtres qui y réfident. Cette offre fut faifie , & cent guinées le mirent en fituation de paſſer la mer pour aller remplir fa miſſion. Arrivé dans la ville où il devoit épier , il s'introduifit chez divers embaſſadeurs à la faveur du premier ouvrage politique qu'il avoit fait en Helvetie ; c'étoit le teſtament du fils d'un jardinier de *Laufone* , qui s'étoit élevé au rang de

Prince de la cour de Monte-Cavallo,
& qui avoit eu grande part dans toutes
les intrigues de l'Europe. Cosmopole fit
des découvertes auxquelles il donna de
l'importance par la tournure qu'il y mit;
ses dépêches parurent satisfaisantes à
Albion, puisqu'on lui envoya une lettre
de change pour continuer sa mission : il
suivit en effet son cours d'espionnage, &
ayant prétendu avoir deviné les sentiments de plusieurs cours qu'Albion avoit
intérêt de connoître, Cosmopole annonça ses nouveaux succès, & prévint
le ministre que les choses essentielles
qu'il avoit à lui communiquer, exi-
geoient qu'il repassât la mer, pour con-
férer en personne sur les divers objets.
En effet il retourna à Albion, où il
tâcha d'augmenter sa considération,
en entrant plus avant dans la confiance
du ministre ; mais ses empressements
firent soupçonner ce que l'avenir ne justifia que trop. C'est ici où il est essentiel
d'annoncer qu'en quittant le pays où il
avoit épié, Cosmopole, qui vouloit
gagner de tous les côtés, & tromper
toutes les puissances à la fois, avoit
entretenu des liaisons suspectes à Albion ; & on prétend même qu'il ne

cherchoit à s'infinuer dans les bonnes
graces du miniftre , que pour découvrir
fes fecrets , & les vendre à ceux qui
avoient intérêt de les connoître. Quoi
qu'il en foit , il devint fufpeft au point
qu'on croit que l'ordre avoit été figné
pour le faire enfermer dans *la Tour* ,
lorfqu'il trouva le fecret de fe fouftraire
à la vengeance du miniftre , en repaf-
fant furtivement la mer.

Cofmopole revint fe mettre fur les
rangs dans la ville , où il avoit joué
précédemment le rôle d'efpion ; il
voulut fe lier encore avec plufieurs miniftres, mais il étoit connu , & aucun
d'eux n'ayant voulu le voir publique-
ment , il reprit le métier d'auteur , &
mit le public & les libraires à contribution. Le defir de fe raccommoder
avec la Sarmatie , l'engagea à écrire
contre Albion & fes Aliés ; il fuivit
pendant quelques années cette carriere
politique avec autant de dangers que
de fuccès. Le fiel de la fatyre & fouvent le ton de l'injuftice , faifoient le
fonds de fes ouvrages , auxquels fa réputation donnoit la vogue. Albion dédaigna fes viles clameurs , parce que
les phrafes d'un homme de lettres , qui

peuvent plaire à la multitude oifive ,
n'influent jamais fur les intérêts des fouverains , & les miniftres des puiffances
font trop d'honneur aux écrivains, quand
ils montrent qu'ils les craignent. Un
dogue aboie contre la lune , & cet
aftre fuit fon corps ; il n'y a que le cas
des perfonnalités , contre lefquels on
doit févir. Ce fut auffi ce qui engagea
le miniftre des *Boruffes* à demander que
Cofmopole , auteur des deux écrits licencieux , dans lefquels un prince étoit
attaqué dans fa perfonne , fut puni.
L'écrivain voulut en vain infifter fur la
liberté d'un afyle qui devoit être facré :
on lui répondit qu'il n'y avoit point de
liberté pour celui qui en abufoit ; que
s'il s'étoit amufé à ne fronder que des
ridicules à n'attaquer que des particuliers (1) on l'auroit laiffé jouir pai-

---

(1) Il eft permis à tout écrivain d'ufer de fon
talent , pourvu qu'il refpecte les fouverains , & la
religion. Les ridicules & les vices font livrés à la
cenfure publique ; les particuliers , qui fe croient
offenfés , trouvent leur juftification dans les tri-
bunaux civils , fi l'auteur ne prouve pas ce qu'il
avance , s'il le prouve , qu'ont-ils à dire. D'ailleurs les applications du public font ordinairement fauffes , & tel homme qu'on croit défigné
fiblement

fiblement de la retraite qu'il avoit choifie, mais que le trajet du *Mordick* n'étoit pas long. Cofmopole, en homme adroit, voulut fe faire un mérite de la fituation dans laquelle il fe trouvoit, & refufa d'obéir aux premiers ordres qu'on lui infinua. Le lendemain il fut arrêté & conduit jufqu'au Mordick, d'où il prit la route de la Belge que Chanval, avec qui il s'étoit lié de correfpondance, habitoit alors. Cet ami le préfenta à *Burrus* qui le protégea tant qu'il le crut honnête homme. Comme nous avons promis d'être fort fobres fur ce qui fe paffa dans la Belge, nous ne compromettrons perfonne, & nous dirons que Cofmopole, croyant s'y être marié une feconde fois, avoit une femme qui partageoit fes bontés à plus d'un

---

fous tel nom, eft fouvent inconu à l'auteur; mais, dit-on, vous attaquez un feigneur connu, un financier qui voit bonne compagnie. . . . Eh que m'importent à moi la naiffance & la richeffe, c'eft la vertu que j'encenfe; mais en taifant fon nom, je puis fronder les écarts d'un duc & pair qui préfere une indigne concubine à fa femme, & qui ne paie perfonne; je puis attaquer & nommer, quand je le veux, un financier dont le fafte infolent infulte à la mifere publique.

époux. Le luxe de notre auteur, fes dé
penfes folles , & les clameurs de fc
créanciers engagerent *Burrus* à éloigne
cet homme dangereux ; mais comme l
miniftre vouloit avec juftice que de
dettes qu'il avoit contractées fuffent
payées , il daigna lui laiffer jufqu'à ce
que fes créanciers puffent être fatisfaits ,
le privilege d'un papier public. Cofmopole , obligé de quitter la Belge , pri
la route de Lutéce , aprés avoir fait une
dupe d'un libraire , à qui il vendit fort
chérement un titre honorifique , & un
parchemin qui fera mangé par les rats ,
avant qu'il foit utile à celui que l'adroit
Cofmopole en a décoré.

Cofmopole partit de la Belge avec
un mauvais petit peintre Flamand qu'il
honora de la qualité de fon fecrétaire ;
& comme Cofmopole changea de nom ,
il exigea que fon fcribe, qui s'appelloit
Doux-fils , prit celui de *Jean-Baptifte
Marcel* (1) ; il jouoit avec Cofmopole
le rôle de *Boniface* , dans la comédie

—————————

(1) J'ai en main une lettre écrite par le peintre
Douxfils, fous la dictée de Cofmopole , & fignée
Jean-Baptifte Marcel : ce n'eft pas la feule que ces
deux hommes aient fabriquée dans Lutéce.

des *trois Orontes* de l'abbé de *Bois-Ro-
be rt.*

A peine Cofmople eut-il paffé les
frontieres de la Belge, qu'il fe réunit dans
la premiere ville de la nouvelle Gaule
avec *Pamphile* fa feconde femme, à qui
ceux de *Valromeix*, dont elle étoit
originaire, avoit donné ce nom Grec,
analogue à fon caractere complaifant ;
car elle ne refufa jamais perfonne. A.
peine Cofmopole eut-il partagé fa tendreffe entre fon fils & Pamphile, que
Marcel, qui étoit inftruit des vues de
fon maître, amena un notaire qui, en
préfence de *Bazane*, libraire, honnête
homme, ou peu s'en faut, rompit le
mariage de Pamphile : après quoi ce
couple que la politique venoit de féparer, fe rejoignit par le plaifir : le foupé
fut guai ; Cofmopole s'y enivra ; &
Marcel s'appercevant que fon maître,
qui avoit le vin tendre, commençoit à
bégayer des foupirs, fe retira modefte-
ment.

Le lecteur ne manquera pas de me
demander pourquoi deux perfonnes qui
n'étoient unis que par le libertinage,
& contrairement à toutes les loix, fe
faifoient féparer par un notaire ; &

pourquoi étant défunies, elles vivoient ensemble. Ces deux questions sont placées, & il est du devoir du conteur d'y répondre. Cosmopole, obligé en partie de quitter la Belge, parce que la vie dissolue qu'il menoit, déplaisoit à ses protecteurs, crut rentrer en grace en affectant de renvoyer l'indulgente Pamphile ; & un notaire, vaincu par les bonnes raisons & l'argent comptant de Cosmopole, se prêta à cette puérilité, dont celui-ci fit une affaire d'éclat, & deux copies collationnées de cet acte ridicule furent envoyées à *Montagne*, marchand de vin de la Belge, mort de chagrin de s'être vu la dupe de Cosmopole. Ces copies coururent la ville, en imposerent à quelques sots qu'il avoit attrapé, & firent hausser les épaules aux gens d'esprits qu'il n'avoit jamais pu surprendre ; car quels que fut sa volubilité & son ton persuasif,, il n'a jamais pu séduire que des hommes ambitieux ou des esprits faciles, qu'il appeloit communément *de cire molles*, à *qui il donnoit toutes les formes qu'il vouloit.*

Cosmopole continua sa route avec Pamphile ; mais comme il s'imaginoit

que fes créanciers feroient épier fa conduite à Lutéce, il logea fa créature
avec fon confident, & il alloit dans les
moments vuides, épancher fon cœur
dans le fien. En partant de la Belge,
notre politique errant s'étoit flatté, ou
du moins il avoit perfuadé aux imbécilles
qu'il alloit traiter directement avec le
miniftere Gaulois fur des objets très-im-
portants;mais il ne vit, quoi qu'on en ait
écrit, que quelques premiers commis,
qui ne lui trouverent pas cette fupério-
rité de lumieres qu'il s'attribuoit modef-
tement, & l'aigle de la Belge ne fut
qu'un croaffant à Lutéce.

Le défefpoir de fe voir avili dans une
ville où il comptoit être encenfé, le
mit aux portes de la mort ; mais le
ciel, offenfé des défordres qui regnent
dans l'univers, le laiffa vivre pour le
fupplice de l'humanité ; & rendu à la lumiere qui alloit lui être ravie, il compofa un ouvrage affez étendu, fous le
titre *d'examen politique des objets qui
doivent être traités au congrès d'Aufbourg:*
c'eft fous ce titre qu'il préfenta fon manufcrit à un libraire Gaulois ; & comme
il vouloit le vendre deux fois, il l'offrit
fous un autre nom aux typographe du

pays des Bataves; mais Cofmopole étoit connu , & perfonne ne voulut fe charger d'un manufcrit qui couroit le monde. Le libraire N. N. de Francfort , à qui il fut offert , répondit : *je contrefais des livres mais je n'achette point de manuf- crits.* Notre homme , étonné de l'injuf- tice qu'on faifoit à fes talents , chercha à le retourner du côté de la cour de Monte-Cavallo , & il demanda au fou- verain du pays la permiffion de fe met- tre au rang de ces efpeces d'amphibies qu'on nomme *abbés* ; mais ce projet ne put réuffir : & les Affifiens , informés que le terme du fauf conduit qu'on lui avoit accordé touchoit à fon expiration, attendoient ce moment avec impatien- ce pour s'emparer de fa perfonne , & la dépofer dans un cachot obfcur jufqu'au moment où il plairoit à Dieu de débar- raffer la terre de ce fardeau. Cofmo- pole , inftruit du deffein de fes anciens freres , commença par renvoyer fon do- meftique ; mais comme les fonds baif- foient , il lui paya fes gages avec une lettre de recommandation , dans la- quelle cet homme fi haut , fi impérieux & fi infolent , s'humilie aux pieds de qui ? d'un menuifier de la Belge. Cette

lettre écrite de la main de Cosmopole , qui refusoit le *monsieur* en ve-
dette aux ministres qui n'avoit pas le
titre d'ambassadeur est trop singuliere
pour que je ne la rapporte pas ici en
entier ; je la copie sur l'original.

F 4

LETTRE

De Cosmopole, sous le nom de M. de G,

Adressée

A Monsieur Dussart, *Menuisier.*

L U T E C E , à l'hôtel des 4 nations , rue des Maçons , quartier de Sorbonne , le 13 Juin 1761.

M O N S I E U R ,

LA droiture de votre cœur, & vos lumieres vous ont tenu toujours à mon égard dans les sentiments que j'avois droit d'attendre de tous les honnê-tes gens de B***, si des préjugés & l'esprit de parti n'en avoient pas séduit plusieurs. Vous m'avez considéré, relativement à la société, & vous n'avez point trouvé mauvais que, sur mon salut, & les affaires de ma conscience, je ne consultasse que moi-même. Ainsi toutes les cabales & toutes les calomnies vomies & soutenues contre moi pas des bigots aveugles, n'ont point fait impreffion fur vous ; & je peux compter que vous confervez pour moi l'eftime & l'amitié, dont vous m'avez donné plufieurs témoignages.

Je vous en demande un nouveau, Monfieur, & je vous le demande avec d'autant plus de confiance, que votre équité, en me rendant ce bon office, trouvera à fe fatisfaire. Voici de quoi il s'agit.

Les fils du nommé *Weinantz de Tervuren*, follicitent des nations leur adoption ou leur réhabilitation dans la bourgeoifie de B***. Leurs titres font victorieux & fans replique. Le principal obftacle qu'ils rencontrent, eft de la part de M. *Tferclaes*, qui prétend qu'en leur rendant juftice, on ouvre une porte à plufieurs qui, ayant les mêmes droits qu'eux, pourroient être tentés de former la même demande. Vous fentez, Monfieur, la frivolité d'une pareille objection. Une grande ville, qui a des privileges, peut-elle acquérir trop de bourgeois? Peut-elle en acquérir qui lui foient plus utiles & plus précieux que ceux qui, devant leur adoption à ces mêmes privileges, ont une affection

F 5

permanente pour cette conftitution ?
Dix-fept piftoles valent-elles pour le
corps de la bourgeoifie les fentiments
qu'y apporte un pareil aggrégé (1) ?

Un de ces Weinantz a l'honneur
d'être connu de vous, Monfieur ; c'eft
l'homme qui étoit à mon fervice à B***,
& que j'ai toujours plus confidéré comme un homme de ma famille , que comme un domeftique (2). Sa probité eft
entiere. J'ai vu peu d'hommes , avec
une éducation médiocre auffi-bien for-
més pour l'honnêteté & la vertu (3).
Son frere , qui ira vous faluer , & vous
demander votre PROTECTION , vous
fera voir & connoître fes titres. Je vous
prie , Monfieur, de le PROTÉGER, avec
cette efficace qui n'a jamais manqué *à
vos cliens.* Je n'ofe pas vous promettre
ma reconnoiffance , au-deffus de laquelle votre pofition & votre façon de

---

(1) Il parle de fon valet à un menuifier : quel
étalage d'efprit & de politique, & qu'il eft bien
placé ?

(2) Raifon pour laquelle il ne lui a point payé
fes gages.

(3) Cofmopole s'y connoît-il , pour parler ainfi ?
Quand je lis ces phrafes hypocrites, je crois entendre *Sardanapale* prêcher la continence.

penfer vous mettent. Mais le fervice
que vous aurez rendu à cette honnête
famille , me touchera autant que s'il
m'étoit rendu à moi-même ; & vous ne
devez pas être indifférent aux fentiments
que m'infpirera cette nouvelle obligation. Ce font ceux de la plus haute
eftime , & d'une amitié cordiale , avec
quoi j'ai l'honneur d'être , &c.

Cette lettre bouffonne autant que ridicule , n'eut aucun effet ; & le menuifier , fon rabot à la main , dédaigna la
plume du politique.

Cofmopole , environné de fes créanciers, & obfervé de près par les Affifiens,
échappa aux uns & aux autres dans les
premiers jours du mois d'Août , & vint,
fous le nom d'*André*, folliciter les bontés
de *Burrus* qui lui donna un inftant d'audience , & le congédia.

Que faire dans cet état ? La précaution qu'il avoit de voyager en eccléfiaftique dans les pays Romains , & en ca-
valier dans les autres , ne pouvoit le
fouftraire aux recherches qu'on faifoit
de fa perfonne dans la Belge , ce qui le
détermina de quitter ce pays , & de fe
retirer à *Léodin* , où il comptoit vendre
quelques cahiers de groffes horreurs au

libraire B . . . . qui tient boutique de ces poisons écrits ; mais la correction que le gouvernement Léodin avoit faite, il n'y avoit pas long-temps, à ce typographe, dérangea les projets de Cosmopole, qui fut obligé d'aller chercher fortune sous un autre ciel.

Un tailleur de Lutéce à qui notre aventurier devoit huit cent livres, l'avoit suivi à la piste, & parvint enfin à le joindre à *Léodin.* Cosmopole apperçut son créancier : mais il crut lui échapper au moyen de son habit ecclésiastique. Le tailleur, qui étoit sûr de ne point se tromper, court à lui, & sans aucun ménagement, il le traita d'escroc & de coquin. Beaucoup d'honnêtes gens qui se promenoient au cours, où cette scene se passoit, approcherent, & ils demanderent à Cosmopole, qui se laissoit injurier sans répondre un mot, quel étoit le sujet de cette querelle. Le tailleur ne lui laissant pas le temps de repartir, dit à ces Messieurs que cet homme lui devoit deux cent francs pour deux habits galonnés qu'il lui avoit faits à Lutéce. Cosmopole, feignant toujours de ne pas entendre, fut sommé de répondre : mais il repliqua en Anglois, qu'il n'en-

tendoit point la langue Françoise ; &
comme perfonne ne comprenoit cet
idiôme, on lui demanda en latin qui il
étoit. Il repartit qu'il étoit un prêtre
Irlandois qui cherchoit une place de
précepteur. Ces Meffieurs lui ayant ex-
pliqué le propos du tailleur, il repliqua
toujours en latin, qu'il ne connoiffoit
point cet homme, & qu'il n'avoit jamais vu Lutéce. Le tailleur voulut infifter : mais un des magiftrats qui fe
trouva là, l'envoya en prifon, & donna
un louis à Cofmopole qui, fe félicitant
tout bas d'avoir attrapé fon créancier,
partit la même nuit pour faire un nouveau voyage dans la Germanie.

Arrivé à Francfort, où il apprit que
fon aventure de Wurtzbourg avoit fait
grand bruit, il prit le nom de *Martin*,
& s'arrangea de façon à ne fortir que la
nuit. C'eft du fein de cette ville que
Cofmopole, renouvellant fes projets
politiques, voulut fe lier avec différents
miniftres deftinés pour affifter de la part
de leurs maîtres au congrès d'*Ausbourg* :
mais ces négociateurs rejeterent alternativement les fecours que la profondeur de fes talents leur offroit ; & Cofmopole ne fachant plus que devenir,

voulut faire réimprimer une brochure fous le titre des *Adieux de l'académie des Boruff.s à fon roi;* mais cet écrit licencieux n'eut pas un fort plus favorable dans la Germanie que dans la Belge, où Burrus, animé du refpeƈt qu'on doit aux têtes couronnées, n'avoit point voulu le laiffer paroître.

Cofmopole, fans efpoir, quitta la Germanie, & fe rendit à l'île de Barataria, où Chanval, qui vivoit encore, lui avoit fait donner un emploi important dans les archives du gouvernement; mais fubjugué par l'or des ennemis de l'état, il leur livra une chartre de la chancellerie. Son infidélité ayant été découverte, Sancho le fit arrêter, & après que fon procès lui fut fait, fuivant les grandes regles, il fe réferva de prononcer lui feul fur la peine que fa perfidie méritoit.

Cofmopole, détenu dans les fers, crut que le même moyen qui l'avoit tiré des prifons de Sarmatie, lui réuffiroit pour fortir des cachots de Barataria: il écrivit à cet effet à *Don Fernand Otiofo,* chapelain de Panfa, qu'il avoit un fecret important à lui réveler. Celui-ci fe rendit à l'endroit où l'étranger étoit détenu.

Cofmopole ne l'eut pas plutôt apperçu, qu'il lui déclara qu'il étoit Affifien. Cette nouvelle fut portée fur le champ au gouverneur ; mais Sancho répondit qu'un Affifien qui faifoit une fripponnerie, étoit auffi coupable qu'un homme ordinaire, & que fa qualité qu'il pouvoit d'autant moins reclamer qu'il n'en portoit plus les marques, ne pouvoit le fouftraire à la punition qu'il méritoit. Cofmopole, voyant qu'il ne pouvoit fe fauver par-là, écrivit qu'il étoit politique : on lui répondit qu'on pouvoit connoître les intérêts des princes & commettre de grands crimes. Il ajouta qu'il favoit faire des vers : on lui repliqua que le titre de poëte ne fuppofoit pas toujours celui d'honnête homme. Il récrivit qu'il avoit parlé fur la vertu dans fon livre de l'*Ecole du Gentilhomme* : on lui repartit par ce mot ingénu d'un prédicateur Gaulois, qui difoit à fon auditoire : *faites ce que je vous dis, mais non pas ce que je fais.* Il affura qu'il avoit écrit la vie d'un honnête Suiffe dans l'hiftoire de *Moginié* : on lui foutint que le plus grand fcélérat pouvoit écrire la vie de l'homme le plus vertueux. Il finit enfin fa *Kirielle*, par dire qu'il étoit l'auteur des *mémoires du marquis de S. A.* on lui répondit que cet ouvrage étoit affez mauvais pour venir de lui.

Cofmopole, terraffé par toutes ces réponfes fentencieufes, attendit dans l'inquiétude le jugement qu'il plaîroit à Panfa de prononcer. Ce jour fatal arriva enfin, & le coupable amené dans la grande falle du fénat, reçut fon arrêt, qui portoit en termes exprès : *Que , pour raifon de l'infidélité dont Cofmopole s'etoit rendu coupable , & dont il etoit atteint & convaincu, même de fon propre aveu , d'avoir abufé de fa place de* Concipifte *de la naute chancellerie de Barataria ; pour raifon de quoi , il etoit condamné à fabriquer l'encre néceffaire à la compofition & impreffion de la* Gazette *d'Utrecht , & à lire tous les jours une feuille de* Fréron ; *fix pages du* Journal du commerce, *& une* Comédie *de* Paliffot.

Cofmopole, effrayé d'une punition auffi févere, demanda que les peines cruelles auxquelles il venoit d'être condamné, fuffent converties en trois années de galeres : mais Panfa, inflexible, voulut qu'il fubît toute la févérité de fon jugement.

Le lendemain Cofmopole fut conduit dans une tour qu'on appelloit *le Donjon des auteurs ;* & le même jour fes gardes lui ayant fait broyer l'encre , lui firent lire le *Journal du Commerce ;* mais l'objet de fon fuplice , devint celui de fa liberté : car à peine en étoit-il à la troifieme page , que les gardes s'affoupirent , & tomberent enfuite dans un fommeil léthargique dont Cofmopole profita pour s'évader. Enchanté de devoir fa liberté à un ouvrage qui n'a jamais produit que ce bien-là : Cofmopole gagna le premier port , où il s'embarqua pour fe rendre en *Lufitanie* auprès de l'abbé *Platel* , avec lequel fes aventures , & fon ftyle lourd , ont tant de conformité. Mais des corfaires de *Maroc* , ayant pris le bâtiment fur lequel il s'étoit embarqué , le conduifirent dans la capitale de ce royaume d'Afrique , où il fut vendu au *Tefftedar* de Sa Majefté Maroquine. Cofmopole, rempli de grandes vues , n'étoit jamais abattu par le malheur : il captiva la bienveillance de fon maître par fon affiduité à cultiver les fleurs que celui-ci aimoit avec paffion. L'efclave mettant à profit la bienveillance du Tefftedar , lui demanda la permission de se faire circoncire , & d'apprendre la langue du pays , qui est un composé du Turc & de l'idiôme dont se servent les francs. Cosmopole ayant obtenu ce qu'il sollicitoit, prit le turban , & s'appliqua vivement à la langue ; & après une année d'étude il parvint à s'expliquer très nettement dans la langue Maroquine : mais cette connoissance fit son malheur : la liberté que son maître lui avoit donnée le perdit , parce qu'il en abusa. Quoique *Mahomet* & *Ali*, dont les habitants du royaume de Maroc suivent plus particuliérement les dogmes , eussent défendu le vin & toutes les liqueurs fortes, cela n'empêche pas que ces Musulmans ne fréquentent , à l'entrée de la nuit , des tavernes où ils s'enivrent avec le jus défendu. Cosmopole aimoit le *Punck* , c'est un goût qu'il avoit rapporté d'Albion ; il dépensoit à cette boisson toutes les petites générosités que lui faisoit le Testtedar. Un jour il s'avisa , rempli de cette liqueur, de mettre des matieres de religion sur le tapis ; & , dans la chaleur de la conversation , il osa dire que l'*Alcoran* étoit un livre mal adroit. Un Turc, qui l'entendit, alla le dénoncer au *Mufti* qui le livra entre les mains de la juſtice, & le lendemain il fut empalé. Un Gaulois, que ſon commerce amenoit tous les ans à Maroc, témoin de ce ſupplice, en écrivit l'hiſtoire véridique, au bas de laquelle il mit cette épitaphe que je tranſcris littéralement d'après un exemplaire imprimé à *Conſtantinople*, & que le conſul François, au *Grand-Caire*, a fait parvenir à Monſieur *Duppé*, directeur de la fabrique typographique de *Siam*, qui me l'a envoyée en droiture par le chariot de poſte :

> *Ci gît le fameux Coſmopole,*
> *Leger dans ſes propos, & conſtant dans le rôle,*
> *De changer de nom & de ton,*
> *Ainſi que de religion ;*
> *Gai ſans eſprit, important miſantrope,*
> *Il auroit pu ſe faire un renom dans l'Europe,*
> *Mais contre l'Alcoran un maudit Vertico*
> *Vengea l'humanité, Calvin, Rome & Sancho.*

Terminons ce conte purement métaphyſique par le portrait du miſanthophe *Chat-Huant*.

Ce troiſieme C. nâquit en Auſtraſie, ainſi que Chanval, la vingt-cinquieme année du regne de *Veſpaſien*, pere bien-

faifant du *Titus* , dont nous avons parlé
lors du premier C.

 Ce C*** étoit né avec un cœur bon,
mais cet avantage étoit effacé par un
efprit méchant, qui ne pardonnoit à
aucun ridicule. *Petronille* vouloit paffer
pour bonne ; il foutenoit qu'elle étoit
bête. *Silviane* difoit qu'elle avoit les yeux
beaux ; ce Chat-Huant juroit qu'ils n'é-
toient qu'infolents. *Arcolus* vouloit avoir
de l'efprit ; notre homme ne lui accor-
doit que de la mémoire. *Silvanire* parloit toujours de fes mœurs, & l'autre
affuroit que la fituation où elle tenoit
fon mari, ne permettoit pas qu'on en
fût convaincu. *Lucile* vouloit qu'on crut
à fa retraite ; mais ce funefte Chat-
Huant croyoit, dans tous fes écrits que
le defir de fe fouftraire aux propos de la
médifance étoit le feul motif de fa conduite. *Euphrofine* condamnoit ouvertement la légéreté de fon efprit ; mais le
méchant prétendoit qu'elle ufoit d'un
détour adroit pour fauver fon cœur,
dont la bannalité offroit un champ ouvert à tout le monde. *Ladiflas* difoit
affez communément dans l'anti-chambre
d'*Alexandre* : SEMIRAMIS *me connoît ,*
elle n'a pas d'hommes plus braves que

moi; cependant Chat - Huant affuroit qu'un foffé de Sarmatie prouvoit le contraire. *Arminius* avoit la foibleffe de vouloir paffer pour guerrier : mais on lui répondoit que fi les grands talents étoient héréditaires , *Harcité* ne feroit pas déshonoré. *Verville* , qui prenoit le titre de *chevalier* dans toutes les foufcriptions des lettres qu'il fe faifoit adreffer par quelques Lutéciens à qui il en avoit impofé, n'étoit, fi l'on en croit notre critique , rien moins que gentilhomme. Enfin la manie du Chat-Huant étoit d'avilir le mérite , & de dénigrer tous les talents , ou du moins ceux qu'on prétendoit avoir ; car il eft de notre impartialité d'avouer ici que ce troifieme C. vouloit , avec beaucoup d'honnêtes gens , que fes critiques fuffent fondées fur l'équité.

Chat-Huant , qui étoit une exacte copie du *Mifanthrope* , prit de bonne heure le parti de la littérature ; il débuta par de mauvais romans qu'on ne lit plus , & de quelques comédies qu'on ne joue point depuis que la Nymphe Latine, que le goût des arts avoit appellée dans la Belge , dont elle fait l'ornement , les a condamnés fans reffource.

Chat-Huant voyant qu'il faifoit beaucoup de dettes , & qu'il gagnoit peu
d'argent , fe jeta dans la politique : tant
de fots y ont réuffi , qu'il crut ne rifquer
rien en prenant ce parti. En effet , fes
fuccès furent rapides , l'argent lui vint ,
& toute l'Allemagne , qui étoit du parti
de la bonne caufe , citoit fes écrits comme des oracles. Les chofes allerent plus
loin , il fut chargé de faire un *Journal
militaire ;* mais le nommé *Duvivier* , fils
d'une blanchiffeufe de Lutéce , domeftique de la maifon de *Cafiriote* , com-
miffaire des guerres , & pis que tout
cela , prétendu bel efprit , voyant qu'il
n'avoit point de rétribution à efpérer
de Chat-Huant , confpira contre lui ,
& le fit priver de ce journal. Notre C. ,
que rien n'effrayoit , parce qu'en connoiffant l'humanité , il avoit l'honneur
de favoir qu'elle ne valoit pas beaucoup,
fe livra de nouveau aux travaux politiques. Chanval qui l'avoit vu , Cofmopole qui vouloit le voir , l'affommerent
de lettres pour l'engager de venir dans
la Belge. Chat-Huant fe rendit enfin
après quinze mois d'inftance. Mais quelle
fut fa furprife d'apprendre , en entrant
dans ce pays , que Chanval s'étoit fauvé

à Barataria, & que Cofmopole avoit ordre de vuider les états de Sémiramis. En effet, ce dernier partit le lendemain de l'*Epiphanie*, & Chat-Huant, demeuré feul dans la Belge, écrivit une feuille périodique contre laquelle il n'étoit *hiftrion, bateleur, baron à brodequins, pigrieches à gros tetons, chanteurs canardés, aubergiftes renforcés, valets parvenus, faux-architectes, caillettes du bon & du mauvais ton, nobles de fraîche date,* avocats APRAXINS (1), *barbouilleurs de papier, fuppôts de billards, chevaliers efcrocs; petits commis du bureau des finances, parafites affidus de l'aloyau du directeur des fpectacles, & tous les autres infectes* produits par les exhalaifons des marais Belgiques, qui ne la trouvaffent fcandaleufe, mal-fonnante, hérétique, vitupérable, & contraire au progrès du mauvais goût.

Toute cette populace imbécille cria, clabauda, & déclama vivement. La voix des fots eft toujours plus forte que celle du fage, parce qu'elle a des poumons à oppofer au flegme, & que, dans

---

(1) Il fe nomme *Piftor*, ce qui veut dire, à ce que je crois, *Boulanger*.

l'efprit de la populace, celui qui crie avec plus de véhémence eft fûr d'avoir raifon. Enfin, les clameurs l'emportèrent, & fous un prétexte faux, Chat-Huant fut facrifié: il eft vrai que l'on n'avoit contre lui que les foupçons injuftes qu'il auroit pu faire naître ; car les marais Belgiques n'exhalent point un air affez falubre pour un homme accablé de rhumatifme. Au refte, on peut quitter fans regret un pays pour s'arracher à l'ennui ; on n'a que foi-même : reffource qu'on peut heureufement goûter par-tout.

La gent volatile animée contre Chat-Huant qui n'avoit flatté perfonne, le vit avec plaifir s'envoler d'une forêt fombre, où fa voracité n'épargnoit aucun oifeau. Cette phrafe figurée feroit de trop ici, fi elle ne fervoit à expliquer l'étymologie du nom de Chat-Huant, qui convenoit fi fort à notre bel efprit.

Chat-Huant, loin des brouillards de la Belgie alla rejoindre Chanval & Cofmopole, qui fe flattoient, dans tous les papiers publics, de faire les délices de l'île de Barataria : c'eft-là que ce trio réuni commit contre la perfonne du gouverneur toutes les indécences dont

nous

nous avons parlé dans le commencement de cet ouvrage.

Chanval mort, & Cofmopole trans-
fuge, Chat-Huant, livré à lui-même,
reprit le métier d'écrivain qu'il avoit
quitté à la cour de Sancho, & il inonda
l'île d'écrits qu'il difoit remplis de vérité & de fatires, & il pouvoit avoir
raifon dans les deux cas.

Sa maniere d'écrire, dans laquelle il
avoit au moins la fageffe de refpecter les
dieux, & les fouverains qui font leurs
images fur la terre, étoit, d'ailleurs,
véhémente & hardie. Copifte d'*Arifto-
phane* & de *Boileau* (1), il fembloit
qu'il avoit la miffion de réprimer les
vices, de fapper les ridicules, & de
fronder les mauvais écrits ; cependant
il étoit vicieux, fat & méchant écrivain. C'eft ainfi que jadis le petit pere
André venoit prêcher contre le jeu,
après avoir paffé la nuit au *Lanfquenet.*

Chat-Huant fe mettoit auffi à l'abri
des reffentiments de la multitude par la
gaze avec laquelle il favoit couvrir fes

_____

(1) Quant à la maniere de critiquer, mais
auffi loin d'eux pour le ftyle, qu'*Accarias* l'eft
de Voltaire.

Tome II. G

portraits, de façon qu'on avoit beau chercher & deviner, on ne tenoit que des copies, & on étoit fort éloigné de faisir les originaux qu'il avoit voulu désigner. Le célebre *la Bruyere* peignit autrefois tout Lutéce dans *ses caracteres*. La clef, telle que nous l'avons aujourd'hui, ne fut imprimée qu'après sa mort ; il y a beaucoup à parier que, si les applications du public euffent vu le jour pendant la vie de l'auteur, le *Théophraste* gaulois en auroit défavoué plus de moitié.

Tout écrivain qui ne nomme point les vicieux qu'il argue, eft à couvert de tout, parce que le public qui dit, *Damis eft affurément le marquis un tel*, eft beaucoup plus méchant que l'auteur, quand bien même celui-ci auroit voulu défigner celui qu'on fuppofe. A l'égard des ridicules, il eft décidé qu'on peut aller jufqu'à nommer ceux qui en font couverts, pourvu qu'on refpecte leurs mœurs ; fi ceux qui écrivent ufoient fouvent de ce droit, la fociété en feroit plus douce, le luxe moins infolent, les grands moins orgueilleux, les financiers plus affables, & les petits moins impertinents.

Chat-Huant profita de l'arrivée de Dulcinée que Don Quichotte amenoit à l'ile de Barataria, pour célébrer cet événement dans un roman hiftorique. La princeffe du Tobofo crut entrevoir dans cette production, qui n'étoit qu'à fon avantage, des perfonnalités qui pouvoient la compromettre ; & Dulcinée s'en étant plainte à Panfa, celui-ci, rempli de fes auguftes proverbes, en affomma la princeffe qui demanda juftice au chevalier de la Manche. Ce grand pourfendeur jura par un moulin à vent qu'il venoit d'anéantir, que Chat-Huant feroit immolé à fa fureur ; mais comme le réparateur des torts connoiffoit les grandes regles de la tactique, il mettoit en ufage, pour fe venger des particuliers, les moyens dont il fe fervoit pour former les fieges des bicoques que fa valeur attaquoit. Don-Quichotte ayant examiné le grenier où Chat-Huant écrivoit, fit environner la place, & après avoir fait fommer par un de fes fous écuyers, l'auteur de fe rendre à difcrétion, & d'avouer à haute voix que Dulcinée étoit la plus belle perfonne du monde, il fe difpofa, fur le refus de Chat-Huant, de monter à l'assaut. Les échelles de cordes furent disposées en conséquence, & l'intrépide chevalier étoit déjà parvenu au troisieme étage, lorsque les crampons, qui soutenoient l'échelle de distance en distance, se rompirent : le héros de la Manche tomba, Sancho fut alarmé, Dulcinée pleura, maître Nicolas mit le premier appareil, & Chat-Huant, qui se complaisoit dans le désordre, éclata de rire. Cependant la sage prévoyance du chevalier disloqué, l'avoit engagé à couper les vivres à l'écrivain, & il voulut par-là le faire mourir de la mort naturelle des auteurs, c'est-à-dire, de faim.

Chat-Huant, dont l'estomac goulu étoit fort exigeant, ne trouva point la précaution plaisante, & du sommet de son observatoire, il arbora le drapeau blanc : la nouvelle en fut portée à Don-Quichotte qui, pour lui rendre la liberté, voulut le forcer de souscrire à la capitulation, dont voici les articles préliminaires.

CONDITIONS

Auxquelles le valeureux CHEVALIER DE LA MANCHE *veut bien lever le* BLOCUS *qui est formé devant le* FORT *où* CHAT-HUANT *est renfermé.*

1°. Chat-Huant renoncera à connoître les hommes s'il veut parler d'eux.

2°. Il assurera dans ses écrits que tous les comédiens ont des mœurs , que toutes les actrices sont sages , toutes les femmes de condition honnêtes , tous les courtisans sincères & braves , tous les financiers sensibles , tous les ministres désintéressés & infaillibles dans leurs décisions , & tous les gens de lettres des coquins à pendre.

3°. Il composera dans huit jours un ouvrage dans lequel il chantera la Palinodie, & soutiendra qu'il s'est trompé... Oh, parbleu, non, je ne serai pas assez lâche pour trahir mes sentiments, s'écria Chat-Huant, en déchirant la capitulation. Cette témérité indigna Don-Guichotte qui , ne pouvant combattre par lui-même , voulut punir l'écrivain par

G 3

le miniftere de la fée *Similor*, à laquelle il avoit une confiance fans bornes. Il fe fit tranfporter à cet effet au
temple de cette divinité, & après une
invocation preffante, il fortit de l'autre
où étoit renfermée la moderne *Sibille*,
une voix qui prononça ces mots:

> *Pour réprimer de l'aigre Chat-Huant*
> *L'attentat trop notoire,*
> *Les dieux viennent dans cet inftant*
> *De le changer en écritoire.*

A peine la fée Similor eut-elle pro-
noncé cet oracle (qui a une application
bien réelle, que trois perfonnes au plus
fentiront) qu'on monta à l'appartement
de Sancho ; mais on n'y trouva qu'une
écritoire de chagrin garni de fimilor.
L'hôte de Chat-Huant, qui ne pouvoit
fe défaire de la manie d'avoir des créan-
ces, réclama ce meuble pour s'indemnifer en quelque façon de ce que l'auteur
lui devoit. L'écritoire fut mife à l'enchere, & un négociant d'*Anruerpe*, qui
fe trouvoit alors à Barararia, l'acheta.
Ce commerçant, arrivé dans fa patrie,
voulut s'en fervir ; mais comme il n'é-
crivoit que des lettres de change, cela

déplut à l'auteur métamorphofé, qui, confervant toujours la forme de l'écritoire, s'enfuit, & fe trouva le lendemain fur la toilette de *Silviane*. Cette femme fut à peine éveillée, qu'elle voulut écrire; Chat-Huant piqué de la mal-propreté de fon déshabillé, demeura cependant pour connoître le ftyle d'une perfonne qui paffoit pour galante. Silviane devoit répondre à la lettre d'un homme fort tendre, qui lui demandoit un rendez-vous pour le même jour: elle relut jufqu'à trois fois le billet doux qu'elle venoit de recevoir. Quelle réponfe faire à cet homme, s'écrioit-elle à voix haute: il faut convenir que les hommes font bien féduifants ! Perfonne ne l'étoit pourtant moins que celui qui lui avoit écrit, à moins qu'un gros embonpoint, & une paffion un peu fufpecte pour elle, ne fuffent des charmes pour une femme à tempérament. Quoi qu'il en foit, affurée de fe rendre, mais incertaine fur le ton qu'elle devoit prendre dans fa réponfe, elle balança, héfita, prit la plume & la reprit. Fatiguée de voir que fon efprit pefant ne fervoit point la légéreté de fon cœur, elle demanda les lettres de

G 4

Crebillon, où elle étoit sûre de trouver
des sentiments délicats qu'elle vouloit
avoir, & des foiblesses qu'elle avoit ;
mais sa femme de chambre, qui tra-
vailloit aussi pour son compte, ne venant point assez à temps, elle se leva
pour aller chercher elle-même ce livre
dans sa bibliotheque. Chat-Huant profita
de ce moment pour écrire ces mots sur
le petit carré de papier à vignettes destiné à porter la bannalité du cœur de
Silviane :

,, Vous m'aimez, je le crois, mon
,, cher *Rotrou* ; mais j'en ferois bien plus
,, convaincue, si vous veniez dans mes
,, bras me répéter vingt fois cet aveu. ,,

                       Silviane.

On peut juger de la surprise de cette
femme, lorsque, revenant écrire, elle
trouva ce billet tracé d'une main qui
lui étoit inconnue. Qui vois-je ? ô ciel !
dit vingt fois Silviane, seroit-il possible
qu'un génie bienfaisant voulut me servir
dans mes intrigues : l'occupation seroit
grande ; mais il seroit récompensé de
ses soins par l'honneur d'être attaché
au seize quartiers. Hola ! quelqu'un ! une

bougie! continua Silviane, bien déter-
minée à faire partir cette lettre ; elle la
lut, rougit, la relut & se repentit d'un
premier mouvement de pudeur qui lui
étoit étranger.

Rotrou, flatté d'un succès qui devenoit une victoire complette, parce qu'il
étoit commun à tout le monde, arrive ;
mais son ardeur trompa l'espoir de Silviane, & cet homme empressé ne répeta
qu'une seule fois cet aveu qu'on avoit
exigé qu'il réitérât souvent. Chat-Huant,
ennuyé de cette femme, se rendit, toujours en écritoire, chez le comte qui
passoit pour un des beaux esprits de
B***. Mais quel fut son étonnement de
voir que cet homme, qui affichoit des
décisions d'autant plus pondérantes qu'il
les prononçoit d'un ton flegmatique &
imposant, ne s'occupoit sérieusement
qu'à écrire le mémoire de sa blanchisseuse, & la liste des visites qu'il avoit
faites dans la semaine. Ma foi, je suis
pris pour dupe, dit Chat-Huant, en
allant se placer de-là sur la table de
Madame de Princé, qui copioit modes-
tement les contes orduriers qui faisoient
la quintessence de la morale de l'abbé
de Grécour. L'écritoire, qui ne s'atten-

doit point à toutes ces singularités,
commençoit à jurer moins contre la fée
Similor, & à trouver son changement
d'état assez doux ; mais ne voulant point
se borner à une seule province, il se
répandit dans les petites cours de la Germanie, où il vit de grands importants
qui se déroboient aux empressements de
leurs protégées sous le prétexte de tra-
vailler plus efficacement au maintien de
la balance de l'Europe. Eh bien, que
faisoient ces fameux négociateurs ? Le
calcul des comptes de leur maître d'hôtel
l'arrêté du *mena* pour le lendemain, &
les préparatifs des conversations qu'ils
devoient avoir avec leurs convives.

Chat-Huant, fatigué de ces puérilités,
sur lesquelles le public ignorant est toujours trompé, revint dans la Belge, &
alla se poster sur une des quarante-deux
tables qui ornent la bibliotheque du savant *Arcolus*. Que vit-il dans ce sallon
scientifique ? Vous ne vous y attendez
pas, mais *moi je m'y attendois bien* ;
comme vous le verrez au premier jour.

*Fin des trois C. & de la seconde partie des
Amusements des Dames de B***.*

Le même Libraire met en vente les *Charlatans démafqués* , ou *Pluton vengeur des Médecins* , comédie ironique de *la Métrie* , *du Chat-Huant.* Paris 1762. gr. 8°. avec fig. *prix 30 fols de France.*

JE M'Y ATTENDOIS BIEN,

HISTOIRE

BAVARDE,

PAR

L'AUTEUR DU COLPORTEUR.

Monsieur l'auteur que Dieu confonde,
Vous étes un maudit Bavard,
Jamais on n'ennuya son monde
Avec moins d'esprit & moins d'art.

Rousseau *Liv. des Epig.*

PAR-TOUT,

Chez MACULATURE, Imprimeur Ambulant
des BAVARDS Sédentaires.

L'an des Méchancetés.

ÉPITRE

DEDICATOIRE

AUX SOTS.

MESSEIGNEURS,

MESSIEURS, ET *vous autres.*

S'IL eſt vrai qu'il y ait des gens d'eſprit dans tous les états, il faut que par une conſéquence né‐ceſſaire, qui eſt attachée aux diſ‐penſations de la nature, il y ait auſſi des Sots dans toutes les con‐ditions. Les perſonnes de qualité, & les hommes riches ſeroient trop heureux, s'ils joignoient l'eſprit à ces miſeres ſublimes que la foibleſſe humaine, aveugle en ſes idées,

décoré follement du nom de bonheur , & ceux qui font condamnés
à vivre dans une honnête médiocrité , & que l'injuftice du fort réduit à l'extrême indigence , porte-
roient doublement le poids de leur
infortune ; fi la fottife étoit réunie
à leur premier opprobre ; car le
malheur eft une infamie dans un
fiecle corrompu , où la finance au
front d'airain marche infolemment
aux dignités , & éclabouffe dans
des chars dorés le mérite modefte
& indigent.

Les avantages de l'efprit, & ceux
de la fortune font donc difpenfés
au gré de la nature , ou plutôt de
fes caprices ; pourroit-elle n'y être
pas fujette , c'eft une femme.

Tout eft injufte dans les réparti-
tions qu'elle fait ; un vicieux illuftre, qui n'a pour lui que fon nom
qu'il déshonore , jouit de deux
cent mille livres de bien , tandis

que ce philofophe paifible, qui honore l'humanité, & inftruit les
hommes, trouve à peine de quoi
fubfifter. Il en eft de même de l'efprit; cet avantage heureux, le
plus bel attribut du genre humain,
eft fouvent prodigué à des efprits
pervers qui en abufent pour défier,
en nouveaux *Tirans*, la foudre de
Jupiter, ou pour infulter à la majefté des rois qui doit être facrée
pour toutes les nations. L'efprit eft
encore donné à d'autres hommes
qui ne portent pas, il eft vrai, la
folie & le déréglement jufqu'à attaquer la divinité, & les fouverains,
mais qui fe rendent coupables auffi
de l'ufage qu'ils font de leurstalents
en confacrant leurs plumes à des
romans frivoles, fatiriques ou dangereux. Tandis que la terre eft
habitée par tant d'honnêtes gens;
qui n'écriroient que des chofes utiles, fi la nature leur avoit donné la

force de penſer, & la facilité de s'exprimer.

Pourquoi, Meſſeigneurs, Meſ-fieurs, & vous autres, votre nombre ſurpaſſe-t-il de plus des trois quarts celui des gens d'eſprit? C'eſt une queſtion que je voudrois bien pouvoir approfondir, mais elle entraîne avec elle des diſcutions métaphyſiques & abſtraites, qui ne ſont gueres enchaſſées dans une épître dédicatoire adreſſée aux gens de votre eſpece. Quoi qu'il en ſoit, je vais riſquer quelques conjectures ſur cette propoſition, liſez avec at-tention. Mes remarques porteront avec elles plus de conſolation que de découragement ; fléau des ſots quand j'écris, je dois tâcher de ne point les humilier dans une épitre qui paroît ſous leurs auſpices. Plai-ſant projet ; dira un critique mé-content, de dédier un ouvrage à des ſots ! Eh, Monſieur le cenſeur,

lui répondrai-je , faites-vous autre
chofe depuis vingt ans , vous & vos
bas confreres ?

Je dédie cette brochure aux
Sots , & quand je parcours les
frontifpices de toutes ces productions fameufes , dédiées à *Monfei-*
gneur le duc Cléon , à *fa grandeur,*
Monfeigneur l'évêque de X , à
très - haut & très - puiffant fei-
gneur le comte Damis , & *mon-*
fieur Lifimon , *fermier général* , je
vous demande , Meffieurs les auteurs , fi tous ceux qui connoiffent
ces quatre perfonnages , ne diront
pas que vous dédiez , ainfi que
moi , vos livres à des fots ? Mais
nous ne les défignons pas de la
forte , repliquez - vous; c'eft en
quoi vous avez tort , & cette mo-
dération , dont vous vous targuez,
montre votre baffeffe , parce qu'on
voit , dans vos phrafes entortillées,
que vous ne dédiez que pour avoir

de l'argent; & ma fincérité annonce un homme vrai, qui n'a d'idoles que le mérite & la vertu. Je ne
veux point ici, en mifanthrope in-
fenfé, prétendre qu'on ne doit fon
hommage qu'aux deux qualités que
je viens de nommer ; l'autorité eft
au - deffous des confidérations de
l'amour ; & , comme dans un état
monarchique, on doit obéir à fon
maître, ordonnât-il une chofe injufte, il faut de même rendre dans
la fociété les refpects de convention à l'homme en place , fans
qu'on puiffe balancer ce devoir fous
le prétexte qu'il n'a ni les talents
ni les vertus que fa charge demande; mais revenons, Meffeigneurs,
Meffieurs, & vous autres, à la
queftion que j'ai entamée plus
haut, & voyons d'où vient que
le nombre des fots excéde de beaucoup celui des gens d'efprit.

Si j'en excepte ces hommes maléficiés qui , naiſſant pour être à charge à l'humanité, meurent ſans ſavoir qu'ils ont vécu , malheureux imbécilles auxquels on pourroit appliquer ces deux vers de *Racine,* peignant un des freres de *Bajazet.*

Indigne également de vivre & de mourir ,
On l'abandonne aux mains qui dai-
gnent le nourrir,

Si nous en exceptons donc cette eſpece infortunée , tous les hommes naiſſent à-peu-près avec les mêmes diſpoſitions à l'eſprit ; ce ſont des plantes qui croiſſent heureuſement , ſi un artiſte habile les cultive dans un terrain avanta-geux. C'eſt l'éducation qui donne l'eſprit ; quoiqu'on puiſſe en penſer , je ſoutiens cette theſe toujours en raiſon du plus ou moins d'aptitude qu'on peut avoir pour

fortir de la fphere ordinaire, &
s'élever au-deffus des autres : or,
fi l'éducation, me dira-t-on, donne de l'efprit, pourquoi voyons-
nous dans les gens de condition
plus de fots que dans le peuple ?
parce que la plupart d'entr'eux,
font élevés à grand frais beaucoup
plus mal que le fils d'un marchand
du coin.

    Un gouverneur, qui n'eft exac-
tement qu'un premier domeftique,
cherche moins à inftruire qu'à flatter les paffions de fon éleve ; &,
tout entier à fes complaifances,
fur lefquelles il bâtit fa fortune,
il fait un fot d'un jeune homme
qui auroit pu devenir aimable, fi,
au lieu de flatter fes defirs, il
avoit voulu les moriginer. La meilleure partie des grands fe trouvant
dans le cas que je viens de fuppo-
fer, on doit tirer la conféquence
du fait que j'ai mis en avant tout-

à-l'heure : cette mauvaife éducation n'eft pas fans remede , parce
que l'éleve , fortit des mains de
fon gouverneur , entre dans le
monde , il a la force de s'appercevoir qu'il y eft ridicule , il réflé-
chit fur lui-même , & ce fentiment
lui perfuade qu'on a fait de lui un
fot , quoiqu'il fache danfer un me-
nuet , mener un cabriolet , & décider du mérite d'une piece nouvelle , avant que les luftres foient
allumés. Une application fuivie
peut réparer alors les vices de l'é-
ducation ; on rappelle le naturel
à lui-même , & , à force de foins
& de travail , on le ramene au premier but qu'il auroit dû atteindre :
tel un champ qu'on croit aride ,
parce qu'un propriétaire indolent
ne l'a point cultivé depuis vingt
ans , produit enfin quand une
main induftrieufe en arrache les
mauvaifes herbes qui en prenoient

le fuc, & y fait germer un grain falutaire. Je ne fais pas trop, MESSEIGNEURS, MESSIEURS, & *vous autres*, fi ce que j'obferve ici n'eft pas au-deffus de la médiocrité de votre intelligence, je crois que j'écris ici de l'efprit fans le vouloir, comme il vous arrive quelquefois d'en faire fans le favoir; au refte; je dirai, pour me rendre clair, que la mauvaife éducation fait un fot; que les grands, ou ceux qui les parodient par l'opulence, font prefque toujours mal élevés par les raifons que j'ai rapportées plus haut, & que le feul moyen de remplir ce vuide & cette féchereffe qui font languir leur ame, eft de réparer le temps perdu par une étude réfléchie que l'âge & la raifon rendent moins pénible.

Les hommes qui font placés entre la grandeur & la médiocrité,

voulant

voulant s'éloigner de celle-là pour
s'approcher de l'autre font toujours fûrs de faire des progrès rapides dans le cours de la fottife &
de la ftupidité ; ainfi les hommes
généralement les mieux élevés,
font ceux qui font placés dans un
état mitoyen, le feul que le vrai
fage devroit défirer, réfléchiffant
qu'une noblefle honnête, qui ne fe
cramponne pas fur des *quartiers*,
& qu'une fortune qui ne vife point
à l'infolence publicaine, ne peuvent faire fon bonheur, il le cherche dans l'étude, & fes occupa-
tions glorieufes l'élevent en même
temps au · deffus de lui-même &
de ceux qui croient être fes fupé-
rieurs, parce que les aïeux des
uns font venus au monde un fiecle
avant les fiens, & que les ancêtres
des autres ont fait gémir le peuple
fous l'opreffion.

    Quoi que j'en dife, MESSEI-

GNEURS, Messieurs, & *vous autres*, la fottife fera toujours l'appanage de la nature humaine, parce qu'il eft plus facile de jouir des biens dont on hérite en dormant, que de ceux qu'il faut mériter par un travail affidu, fi l'efprit & les talents devenoient héréditaires, les livres & les leçons feroient prefque tous inutiles, & le fils d'un grand homme, certain de le devenir, attendroit l'avenir, finon fans impatience, du moins fans crainte; fi cette faveur finguliere étoit accordée aux hommes, le fils du poëte *Roi* ne feroit pas un imbécille. Monfieur *Racine*, émule de fon pere, auroit fait de bons vers, & tant d'enfants ftupides qui furchargent la terre, ne démentiroient pas la réputation de leurs peres.

Il y a près de dix-huit mois, qu'un doêteur-régent de la faculté

de médecine de Paris, fit foutenir
une thefe fur cette queftion finguliere; L'HEROÏSME PEUT-IL ETRE
TRANSMIS PAR LE SANG ? Je ne
fais ce que penfe la médecine fur
cet objet; mais fi elle croit que le
fang d'un héros tranfmet fa valeur à fes defcendants, je dirai
que, fi ce fyftême eft vrai, les
femmes de prefque tous les climats
font bien infidelles, & ma réflexion fera fouffrir de furieufes
atteintes à la paternité, car ou la
faculté fe trompe, ou *Varillas*,
Léodon, *Neftor*, *Armincourt*,
Polidor, & mille autres, dont le
nom obfcurément illuftre, groffit
la lifte des *Therfites*, ne font pas
les fils de leurs peres. Je me rappellerai toujours que le fils unique
d'un héros, voulant dans une cérémonie, où perfonne n'avoit le
pas, fe placer devant un homme
fimplement mis, celui-ci lui re-

fufa fa place : l'autre offenfé lui
dit, d'un ton qui vouloit être im-
pofant : *me connoiffez-vous ?* l'autre le regardant fixément lui répondit : *j'avois l'honneur de con-*
noître M. votre pere. Cette répar-
tie eft la feule qu'on devroit faire
aux poltrons, & aux fots qui ont
pour peres des héros ou des gens
d'efprit.

Il faut être PIRRUS, *quand on eft*
*fils d'*ACHILLE.
Ou fe taire.

Mais je m'apperçois qu'il eft
temps de termineru ne épître qui
a pris infenfiblement la forme
d'une differtation, dont l'objet,
affez inutile, eft de prouver qu'il
y a des gens d'efprit & des fots
dans tous les états, mais que le
nombre de ceuxci abonde pour
l'humiliation du genre humain, &
la propagation de la ftupidiré qui

forme un mal néceſſaire dans la
ſociété civile, pour les raiſons phy-
ſiques qu'on en a apportées ou dû
apporter.

Je ſuis, avec tout l'eſprit que je
voudrois avoir,

MESSEIGNEURS,

MESSIEURS, & *vous autres,*

De votre ſottiſe,

Le très-ſingulier ſerviteur,

L'auteur du COLPORTEUR.

H 3

PRÉFACE.

*T*OUJOURS clouer une préface à chacune de mes brochures ? Oh par
bleu, cela devient infipide pour le public
& pour moi ; & je jure que...... Oh,
ferment d'auteur, c'eft à - peu - près la
même chofe que celui d'une fille d'opera,
ainfi ne jurons pas, & allons au fait.

JE M'Y ATTENDOIS BIEN,

HISTOIRE

BAVARDE.

OILA donc *l'ecritoire* fur le bureau du docteur *Arcolus*, quelle humiliation pour Chat-Huant, de voir un génie fublime qu'il s'étoit acharné de dénigrer, le confondre par les écrits ingénieux qu'il alloit lui voir produire? Arcolus entra, parcourut les mappes-mondes éparfes fur fa table, prit deux prifes de tabac d'Efpagne, lut trois paffages de Scaliger, mit un morceau de fucre candi noirâtre dans fa bouche, qu'il mouilla par intervalle de cinq taffes de thé, alluma fa pipe avec quelques feuillets de *l'obfervateur des fpec-tacles*, dont l'auteur actuel le forcera

H 4

de dire du bien au premier jour, parce qu'il ne le compofera plus; fe moucha dans le *Colpolteur*, &, après avoir touffé trois fois, il fe plaça fur fon fauteuil, en jurant que le bon goût étoit perdu.

Après une paufe affez longue, Arcolus prit la plume, & ouvrant un manufcrit furchargé de lacunes, il dit: voyons où j'en fuis? . . . . . Chap. VII. *fur les moyens d'être heureux.* Cet ouvrage fera merveilleux, continua le docteur, je le fais pour un grand miniftre qui me paiera mal; mais du moins, il me fera dit une fois qu'un auteur aura travaillé pour la gloire: fuivons le chapitre, & peignons ici un homme heureux.

PORTRAIT. PORTRAIT.

D'un homme heureux.	D'un homme, malheureux.
Cerménan jouit du bonheur, fa	*Eft-ce jouir du bonheur, que de fe*

cour eſt nombreuſe & brillante, les choix qu'il fait dans la diſpenſation des graces, ſont toujours applaudis. Paroît-il en public ? Tout le monde s'arrête pour jouir du plaiſir de le voir : eſt-il obligé, pour ſoutenir ſon nom, de faire des dettes? Ses créanciers le reſpectent, & ſe croient honorés de ſe déranger pour l'obliger : en veut-il à une femme ? un geſte de ſa part, la ſeule démonſtration du mouchoir, opere une perſuaſion qui conduit à l'attendriſſement : deſire t-il le matin accorder des graces ? Les canaux

voir environné d'une foule de curieux ou d'impatiens qui, au milieu des reverences & des baſſeſſes, ſemblent ſe demander, quand partira-t-il ? On approuve les choix qu'il fait, moins par juſtice que par crainte, parce qu'une punition ſevere, ſeroit la peine d'un cauſeur indiſcret; le public paroît, lorſ-qu'il s'arrête pour le contempler, moins empreſſé de le voir, que curieux de ſavoir s'il le verra long-temps; les dettes qu'il contracte ſont reſpectées, d'accord; le pot de terre ne ſe lança jamais contre le pot de fer, qu'il ne ſût la dupe de ſa témé-

font entre fes mains, il ne dépend que de fa volonté de les ouvrir : veut-il dans l'humeur qu'une mauvaife digeftion lui infpire ordinairement, s'amufer à punir quelqu'un après fon diné? Les châtiments font àfa voix : la promenade l'amufe-t-elle ? Six courfiers ardents le conduifent où la fantaifie l'appelle : veut-il faire la guerre aux habitants des bois? Toutes les forêts lui font ouvertes : revient-il pour jouir des délices de la bonne chere ? Sa table eft toujours couverte, quoique les gazettes l'affurent de toutes les

rité. *Eft-ce goûter le plaifir fenfible de fubjuguer une amante ? Eft-ce fentir les gradations de la volupté, que de voir une femme fe vendre, ou par intérêt, ou par vanité ? La gloire de faire du bien eft fans doute d'une ame bien née ; mais on perd cette diftinction, dès qu'on donne les graces à l'argent & aux flatteurs. Mettre au rang des heureux, celui qui a la liberté de faire du mal, pour faciliter fa digeftion, c'eft le comparer à ces bourreaux orientaux, qui coupent des têtes d'efclaves innocents pour fe former dans l'art barbare de dé*

prémices des ſai-
ſons ; & les nec-
tars les plus déli-
cieux lui ſervent de
breuvage , tandis
qu'une muſique
harmonieuſe con-
court à animer
tous ſes ſens. En-
fin , on doit juger
d'après ce tableau,
que , pour un par-
ticulier, *Cermenan*
eſt le mortel le
plus fortuné de la
terre.

capiter les coupa-
bles.

Le plaiſir de ſe
promener dans un
char attelé : de ſix
courſiers , n'eſt plus
un avantage ; dès
que ces chevaux ſont
dûs à un malheu-
reux qui en reclame
le prix ; j'en dis
autant de ces mets
exquis , & de ces
vins dont les liſtes
groſſiſſent les livres
de comptes des mar-
chands , d'où je
conclus , d'après ce
portrait , que Cer-
ménan eſt le plus à
plaindre de tous les
hommes.

Arcolus eut à peine terminé ce portrait , ſur lequel il s'épanouiſſoit avec
tranſports , qu'il retourna à ſa tabagie ,
pour admirer , en fumant , juſqu'où la
délicateſſe de ſon eſprit s'étoit portée.
Chat-Huant profita de ce moment pour
tranſcrire , en marge du tableau qu'Ar-

H 6

colus venoit de tracer, celui d'un homme infortuné qui n'étoit autre, comme
on le verra, que celui de ce même
Cerménan que le docteur croyoit au
comble de la félicité.

Arcolus ayant fumé avec dignité, revint pour confronter quelques livres
Arabes & Chaldéens, avec le portrait
qu'il venoit de tracer ; mais quelle fut
fa furprife de trouver le contrafte *écrit*
par une main inconnue ? Il fonna, il
cria, il appela, il jura ; la valetaille,
la gent *concipifte*, & les palfreniers arriverent au bruit du *tocfin*, & tous ju-
rerent de la meilleure foi du monde,
que perfonne d'entr'eux ne s'étoit avifé
de tracer ces lignes profanes fur le re-
giftre facré du vénérable docteur ! Oh,
ne jurez pas, répondit Arcolus, je fais
que, moi feul excepté, je n'ai que des
bêtes dans ma maifon ; mais quelqu'un
eft entré dans ce fallon, & je veux
favoir par la négligence de qui. Tout
le domeftique éploré, protefta qu'il
n'avoit vu perfonne : le docteur furpris,
fit trois paufes ; c'étoit fa coutume,
quand il vouloit réfléchir péfamment
de graves riens, & fit venir le livre
des revenants, & des vampires de Hon-
grie, par le favant dom *Calmets*.

Arcolus, muni de ce recueil, érudit d'absurdités, congédia son monde, & s'enfonça dans une lecture ténébreuse qui le conduisit, suivant l'usage, à un sommeil profond, pendant lequel l'écritoire quitta l'appartement du docteur, pour aller se retirer dans la chambre d'*Asinoé*, qui avoit été trop aimée d'un homme d'esprit, pour qu'on pût la soupçonner de cette bêtise, dont on se plaisoit à la flétrir. Cette jolie femme étoit dans son lit, lorsque Chat-Huant se plaça dans son travestissement, sur une table qui étoit auprès du feu, Arsioné lisoit la *logique de port-royal*, un jésuite qui seroit entré, auroit crié qu'elle étoit *Jeanseniste* ; mais un philosophe qui juge du fonds des ouvrages par ce qu'ils contiennent, & non par le nom de ceux qui les ont composés, se seroit contenté de dire qu'Arsinoé cherchoit à penser, & auroit eu raison. Cette femme joignoit la solidité du raisonnement à la manie des pompons, & la frivolité d'un esprit aimable, à la délicatesse d'un sentiment éclairé : on peut en juger par l'histoire suivante qu'elle écrivit sous les yeux du métamorphosé Chat-Huant.

LE PRIX DU SENTIMENT,

HISTOIRE ANCIENNE.

Malheureux qui n'a pas le plaisir de pleurer?

Anon.

JUlie nâquit à *Cambrai* , dans le temps
que cette ville étoit encore sous la domination Espagnole, son pere, qui
l'aimoit tendrement, l'avoit déclarée,
en mourant, fille unique & légataire
de toute sa fortune, qui se montoit à
près de trois cent mille pistoles. Julie
n'avoit point encore atteint sa troisieme
année, lorsque la mort lui enleva son
pere. Dom *Albert* , allié & ami de son
pere en avoit été déclaré tuteur ; c'étoit
un homme de quarante ans, qui étoit
parvenu à subjuguer la vieillesse de dom
Castro-llemos , (c'est ainsi que s'appeloit le pere de Julie) & à dicter son testa-
ment, dont une clause portoit expres-
sément que Julie, étant parvenue à sa
quinzieme année, épouseroit dom Al-

bert. Ainfi , ce tuteur amoureux par intérêt , éleva fa pupille avec toute l'auftérité des coutumes Efpagnoles. Dona
Francefca , vieille Duegne , faite exprès pour le martyre des amants , fupplice des jeunes filles , & la confolation
des jaloux , fut mife auprès de Julie ,
que , dom Albert voyoit croître avec
plaifir. Une affaire importante ayant
appelé le tuteur à Bruxelles , il s'y
rendit après avoir recommandé à Francefca de ne point laiffer fortir fon
éleve. La Duegne obéit , mais comme
cette femme joignoit , ainfi que tous
ceux qui ont les mœurs Efpagnoles , la
dureté du caractere à un extérieur de
dévotion ; c'étoit pour fe livrer à cet
ufage hypocrite , que Francefca ayant
fermé à triple clef les portes de la rue ,
fortoit tous les matins pour aller étaler
fes chapelets à l'églife. Un jour la gouvernante étoit allée à une cérémonie
extraordinaire , qui fe faifoit dans une
églife voifine de la maifon de la fille de
Caftro , Julie qui avoit perdu un jeune
ferein qu'elle élevoit , le cherchoit avec
inquiétude dans tous les appartements ,
& comme la diftraction la conduifoit
par-tout , elle alla à la porte d'un fal-

lon où elle vit un pain noir, & un baquet d'eau ; trois gros cadenats qui n'é-
toient point fermés, lui firent naître la
curiofité d'ouvrir ce falon, dans lequel
elle ne trouva que les quatre murs, &
une porte qui ne fermoit qu'au loquet.
Julie inquiete l'ouvrit, & entra tout-à-
coup dans une chambre obfcure tendue
d'un drap noir ; une lampe fépulcrale
rendoit une lueur fombre, dont le trifte
effet ne fervoit qu'à éclairer une démarche trop hardie.... Julie effrayée de s'ê-
tre portée trop avant, s'écria en frif-
fonnant : *Ah ciel ! où fuis-je ?* Un bruit
de chaînes fe fit alors entendre, Julie
tomba évanouie au milieu de la chambre, & fe fentit revenir infenfiblement
au moyen de l'eau qu'une main invifible
ne ceffoit de lui jeter. La fille de Caftro
revenue de fon évanouiffement, demanda à voix haute à qui elle devoit les
fecours qui venoient de la rappeler à la
vie.... *A un malheureux*, répondit une
voix funebre & douce en même-temps,
*qui n'a jamais vu les hommes, & qui
gémit depuis dix-nuit ans fous le poids de
leur injuflice.*

Julie, frappée de cette douloureufe
réponfe, s'approcha, & vit à travers

les pales lueurs de la lampe sépulcrale ,
un jeune homme couvert d'une peau de
tigre , enchaîné à deux colones , &
n'ayant que la liberté de remuer foible-
ment la main droite. O jeune homme ,
dit la généreuse Julie , qui que vous
soyez , inftruisez-moi de votre fort , &
comptez que je ferai tout ce qui dépen-
dra de moi pour vous rendre à vous-
même & à la société ... Où eft l'infame
Abert , le miniftre des vengeances de
Caftro , & le tyran de l'humanité , demanda d'abord le jeune homme. Un
voyage , reprit Julie , qu'il a été obligé
de faire à Bruxelles , le tient éloigné
depuis quatre jours. Puiffe le monftre ,
répondit le captif , ne revenir jamais ,
& vous , charmant objet , reprit - il
d'une voix plus douce , vous , dont je
méconnois jufqu'à l'habillement ; vous
n'êtes pas , fans doute de ces hommes
cruels, deftinés ainfi que mes bourreaux
à perfécuter leurs femblables. Si je me
trompe , je dirai que les dieux , dont
on m'a donné quelques notions dans mon
efclavage , ont placé l'ame la plus noire
dans le plus beau corps. Eh, non ! répondit Julie , les yeux baignés de larmes, Eh non ! je ne fuis ici que pour

chercher les moyens de foulager vos maux : fi je le puis , comptez fur moi ; mais j'apperçois des livres , de l'encre & du papier , en faites-vous ufage , & auriez-vous éte élevé ? . . . Oui , repliqua ce captif , Caftro , par un rafinement de cruauté, a voulu que je fus inftruit pour me rendre mon fort plus cruel , & ma prifon plus affreufe ; j'étois bien moins infortuné dans le temps où, croyant qu'il n'y avoit fur la terre que mes deux perfécuteurs & moi, j'ignorois qu'il y eût des hommes , de la gloire à mériter , des diftinctions à obtenir , des richeffes à ammaffer , du bien à faire , & enfin un fexe autre que le mien avec lequel on trouve , m'a-t-on dit , le bonheur fuprême : j'obferve qu'on me l'a dit , parce que tous les livres que je parcours depuis dix ans , ne m'indiquent rien fur ce fujet ; cependant je fens bien qu'il faut que vous & moi duffions notre être à quelqu'un , mais je m'y perds quand je cherche à pénétrer plus avant.

Tout ce que vous dites, cher malheureux, répondit Julie, me pénetre l'ame : je brûle de vous dire qui je fuis , mais comme je crains d'être obfervée je m'éloignes : foyez affuré que je viendrai vous rejoindre auffitôt que je le pourrai fans danger pour vous & pour moi.

Adieu donc , charmant objet , répondit le prifonnier d'une voix plaintive ; fi on vous a dit qu'il n'y avoit que des heureux fur la terre , on vous en a impofé , car vous voyez ici un infortuné qui n'a ceffé de fouffrir que dès l'inftant qu'il vous a vue : trop heureux fi mes fens affoiblis peuvent fe conferver l'idée de votre image; mon cachot prendra une forme nouvelle à mes yeux , & le lugubre de ces tentures fe changera au gré de mon imagination .... Julie fortit en jetant un profond foupir , & elle defcendit étonnée , confondue & cherchant , au milieu de fa mélancolie , un nouvel être qui fembloit manquer à fon cœur. Francefca n'étoit pas encore de retour à la maifon , ainfi le plaifir de revoir l'infortuné prifonnier , ranima fes efpérances.

La Duegne rentra , le facteur la fuivit de près ; il apportoit des lettres pour Julie & pour Dona Francefca. Albert écrivoit que le Duc d'Albe le retenoit encore pour un mois auprès de fa perfonne , par ordre de la cour de Madrid , comme étant un témoin nécef-

faire dans l'inftruction du procès du
comte d'Egmont , dont il avoit été le
gouverneur , & après avoir dit quelques
chofes tendres à Julie fur les maux qu'une
abfence auffi longue lui caufoit ; il re-
commandoit à la Duegne de redoubler
fes foins , & d'écarter du logis tous vi-
fages importuns & toute phyfionomie
mafculine.

Julie toute occupée de l'idée du
malheureux qui ne la quittoit plus ,
regardoit de temps en temps Francefca
& répandoit des larmes. La gouvernante qui attribuoit les pleurs de la
pupile à l'Abfence d'Albert , crut
faire fa cour au tuteur en lui mar-
quant que Julie , privée du plaifir de
le voir , paffoit fes jours entre l'inquiétude & les larmes L'hiftoire dit que le
vieux Albert , en lifant cet endroit de la
lettre de Francefca tréfaillit jufqu'à trois
fois. Quoiqu'il en foit la dévotion ou
plutôt l'hypocrifie , ayant rappelé le
lendemain la gouvernante aux pieds des
autels , , elle ferma le fort , & laiffa
la pupile en proie à des rêveries dont
elle étoit bien éloignée de preffentir le
véritable motif.

Julie ne fut pas plutôt feule qu'elle
monta au funefte falon ; mais quelle fut

ſa ſurpriſe de le voir fermé ? Envain elle tenta de l'ouvrir ; un triple cadenat rendit ſes efforts impuiſſants. Après bien des tentatives inutiles , la Pupille deſcendit & fit une perquiſition générale qui ne lui produiſit rien ; je n'en puis douter , s'écrioit elle , cette maudite Franceſca aura emporté les clefs , mais je veux avant la fin du jour trouver le moyen de meles procurer. Julie, plongée dans le trouble le plus cruel , forma mille projets, mais incapables de s'arrêter à aucun, ſon eſprit ne faiſoit que gliſſer ſur les idées que ſon imagination échauffée lui préſentoit. Franceſca revint dans ces entrefaites. Julie eut le ſoin de lui cacher les inquiétudes qui l'agitoient , dans la crainte que ſes ſoupçons ne vinſſent à toucher ſur la triſte découverte qu'elle avoit faite. Le reſte de cette journée ſe paſſa comme toutes les autres dans le travail & dans la lecture de quelques vieux romans Eſpagnols que la plume d'Albert avoit accommodés à ſes mœurs & à ſes vues.

Julie , toujours occupée du déſir de ſe procurer les clefs , n'eut pas plutôt vu Franceſca aſſoupie , qu'elle s'approcha d'elle pour fouiller dans ſes poches ; mais n'y ayant trouvé aucune clef, elle jugea qu'elles étoient dépo- fées dans quelque endroit qu'il lui étoit important de découvrir. La gouver- nante fe levoit tous les jours à cinq heu- res du matin ; Julie qui n'avoit jamais été curieufe de favoir pourquoi, réfo- lut de ne point fe coucher, pour être plus fûre d'épier la Duegne ; en effet, cinq heures fonnoient encore que Fran- cefca, tenant d'une main un cordon auquel pendoient trois clefs, un bou- geoir, & de l'autre une cruche d'eau & un pain noir, montoit fans foulier au funeftte fallon. Julie l'ayant fuivie juf- ques-là, fe plaça en embufcade pour attendre fon retour, & obferver l'en- droit où elle dépoferoit les trois clefs. La gouvernante defcendit un inftant après ; Julie la fuivit pas à pas jufque dans la cuifine, où elle lui vit dépofer les clefs derriere une pile d'affiettes. Heureufe de fa découverte, la pupille remonta dans fon appartement & alla chercher le fommeil dont elle s'étoit privée dans l'intention de voir effectuer un deffein où l'humanité avoit plus de part que la curiofité.

L'heure de l'églife appelant Francefca

à la priere , elle ſortit à ſon ordinaire ,
& le premier ſoin de Julie fut d'aller
prendre les clefs , & de monter au
ſallon ; elle y fut à peine , qu'elle raconta au captif tout ce qui lui étoit arrivé la veille , & comment elle étoit
parvenue à ſe rendre maîtreſſe des clefs ,
dont elle étoit en poſſeſſion. Graces au
ciel , mes vœux ſont remplis , & je pourrai , juſqu'au retour d'Albert , vous voir
toutes les fois que Franceſca ſortira ;
mais ſongez que les moments preſſent ;
ſatisfaites à ma vive impatience , &
apprenez moi de grace par quelle fata-
lité vous êtes dans ces triſtes lieux.

Rien n'eſt plus juſte , repondit le
captif, que de remplir de ma part l'objet de votre attente , je vais vous apprendre ce que je ſais de mon état ;
puiſſent les horreurs que vous allez entendre vous faire à jamais déteſter l'a-
bominable Caſtro , & l'infame Albert ?

J'ignore quel ſang m'a fait naître ,
mais je ſais que la vie fut pour moi un
préſent funeſte ; trop heureux ſi mes ennemis cruels juſqu'au bout, m'euſſent privé du jour , mais que dis-je ? leur barbarie m'auroit privé du plaiſir de vous voir ,

& votre préfence me fait oublier tous
mes maux.

J'avois à peine quatre ans qu'on m'en-
traîna dans ce cachot où mes maux ont
augmenté avec l'âge. Dès que les
premieres lueurs de la raifon brillerent
en moi, je demandai à Caftro : qui venoit me vifiter de temps en temps, qui
j'étois, & pourquoi cette deftinée étoit
la mienne. Ce farouche Efpagnol me
répondit qu'il ignoroit lui même fon
état, & que ma deftinée étoit celle de
tous les êtres qui ne refpiroient que
pour être dans les fers. Mais tu me pa-
rois libre lui repliquai-je ? Pas plus que
toi, me répondit-il, j'ai la permiffion
de quitter mes fers une fois le jour pour
veiller à tes befoins, & je ne fors de
ton cachot que pour rentrer dans le
mien ; j'avois à peine huit ans, je crus
l'impofteur.

Mais que fit mon tyran pour redoubler mes maux, & mettre le comble à
mon infortune, en ceffant de m'en impofer ; il voulut que je fortiffe de l'ignorance craffe qui me cachoit toute l'amertume de mes difgraces, & il me fit
inftruire dans la feule vue de détefter
ma fituation & l'humanité. Albert fut
chargé

chargé du foin de diriger mes études.
J'étois parvenu dans les premires années
à amollir cette ame de fer , & il avoit
pour moi mille petites complaifances
qui cefferent dès qu'il s'apperçut que je
voulois les mettre à profit pour l'attendrir fur ma fituation. Caftro que je ne
vois plus depuis long - temps , paroît
m'avoir abandonné- à Albert qui n'eft
pas plus pitoyable , & depuis près de
dix jours , je fuis fervi par un homme à
la phyfionomie dure , qui n'a de fupportable qu'un hahillement à- peu- près femblable au vôtre. Ce n'eft point un homme, cher infortuné, repliqua Julie, c'eft
une femme qu'on nomme Franccfca ;
elle eft d'un être pareil au mien , & c'eft
à un individu de fon efpece que vous
devez la vie.... Une femme, s'écria le
captif ! quel être eft - ce là ? Daignez
m'inftruire ? Je vous avouerai , reprit la
naïve Julie , que je ne fuis pas en état
de vous faire une grande differtation fur
la différence des deux fexes ; je fais que
vous êtes un homme , moi une femme ,
& que c'eft à la réunion de ces deux efpeces que nous devons le jour. Ah ! je vous
entends , reprit le captif , & vous portez
une nouvelle lumiere dans mon ame. Je

sentis la premiere fois que je vous vis , que vous n'étiez point de ces hommes dont l'aspect odieux est fait pour me révolter , & je vous pris dès-lors pour un Dieu : la différence des sexes m'éclaire ; vous serez donc ma divinité. Cette réponse galante , sans cesser d'être naturelle , fit rougir Julie ; le captif que la présence de cette aimable fille animoit, devint tendre. Nature! Nature! Tu apprends plus dans un instant que les préceptes d'*Ovide* , & tous les beaux vers de *Bernard* ; leur *art d'aimer* n'est que de l'esprit , & le tien est le sentiment. Julie attachée auprès du captif, par un ascendant dont elle ne devinoit pas encore la cause, oublioit que sa gouvernante alloit revenir ; il fallut que le captif se fit violence pour l'en faire ressouvenir : elle se leva , prit la main de l'infortuné qu'elle consoloit , & celui-ci , guidé par un instinct qui ne cherchoit qu'à se développer, baisa celle de Julie , qu'il arrosa de ses pleurs ; adieux plus expressifs que les phrases les plus brillantes. La Pupille partit avec promesse de revenir le lendemain. Julie ne fut pas plutôt descendue ; qu'elle entendit ouvrir la porte , c'étoit sa gouvernante qui rentroit ; elle n'eut que le temps de remettre les clefs, & de prendre ſon ouvrage.

Franceſca étoit bien éloignée de ſavoir d'où provenoit le chagrin qui dévoroit Julie, & quoiqu'elle eût déjà voulu en faire honneur à Albert, elle avoit aſſez d'expérience pour juger qu'une perſonne auſſi jolie que la Pupille, ne pouvoit aimer un tuteur qui joignoit une humeur tyrannique à une phyſionomie baſſe & dégoutante; mais la Duegne aima mieux ignorer le motif des inquiétudes de Julie, que de lui faire des queſtions indiſcretes.

Franceſca ſortit le lendemain à l'heure ordinaire, & la Pupille, ſuivant le penchant de ſon cœur, alla joindre le malheureux captif, à qui ſa préſence rendoit la vie.... Me voici encore, dit Julie en l'abordant, mais il faut abſolument que cet entretien décide votre ſort; j'aurois à me reprocher de partager la tyrannie d'Albert, ſi je vous laiſſois plus long-temps dans les horreurs de ce cachot: tous les hommes ſont nés libres, & je veux, vous rendre à vous-même... Je ſens, généreuſe perſonne, répondit le captif, tout ce que je dois à vos ſoins officieux; mais ſi vous rompez mes fers,

il faudra que je m'éloigne de ces lieux ;
je ferai privé du plaifir de vous voir , &
cette liberté me couteroit la vie ; daignez me laiffer dans mon état, il m'eft
doux depuis l'inftant où vous avez daigné y prendre part.... Julie touchée des
difcours du captif, lui repréfenta, avec
une douceur mêlée de tendreffe, qu'Albert alloit revenir de Bruxelles , pour
ne s'éloigner jamais , & que dès-lors il
ne lui feroit plus poffible de le voir,
parce que fon tuteur ne lui laiffoit pas un
moment de liberté. Qu'importe ? ré-
partit le captif, j'habiterai fous le même
toit que vous , je rappellerai votre image & vos bontés à mon imagination , &
mes maux s'adouciront en penfant à vous;
daignez donc me laiffer ici , c'eft la feule
grace que j'attends de vous. Non, répondit Julie , non , je ne trahirai pas à
ce point ce que je dois à l'humanité, à
la piété , & peut-être.... Ah ! ce *peut-être*,
adorable perfonne , repliqua le captif
avec émotion , m'annonce un fentiment
que je patage ; achevez, fi vous voulez
que je meure content.

Julie rougit , & fentit dès-lors un
mouvement auquel elle ne fe trompa
point ; elle aimoit le captif, & elle ne

put ſe le diſſimuler ; la converſation devint vive & animée , & après beaucoup de contradictions que l'amour du captif oppoſoit à ſes projets , elle réſolut de lui rendre le lendemain la liberté. Souvenez-vous ; dit le priſonnier à Julie qui ſortoit , que la liberté que vous voulez me rendre , me ſera plus pénible que mes fers , ſi elle doit m'éloigner de vous , & me priver du ſeul bien que j'ai connu depuis que je reſpire.

La pupille plus inquiete que jamais, deſcendit , & après avoir remis les clefs dans le lieu du dépôt , elle attendit le retour de Franceſca qui rentra un inſtant après. Julie feignit une migraine horrible , qui détermina la duegne à la preſſer de ſe coucher , c'eſt ce qu'elle deſiroit , parce qu'il lui falloit du repos pour arranger les projets qu'elle méditoit pour le lendemain. L'amour eſt induſtrieux , & il donne à ceux qui le ſuivent , une intelligence qu'on attendroit vainement de l'âge & de la raiſon.

Julie n'eut pas plutôt concerté toutes ſes meſures , qu'elle en fixa l'exécution au lendemain : ce moment déſiré arriva enfin , la gouvernante étant for-

I 3

tie fuivant fa coutume, la pupille
s'empara des clefs, & monta dans la
prifon où le captif qui l'intéreffoit étoit
détenu. Ce jour, dit Julie en entrant,
eft le dernier de votre efclavage, ren-
trez dans votre état, & oubliant Caftro
qui a terminé fa carriere, ne déteftez
que l'infame Albert. Quoi ! j'oublierai,
s'écria le captif, l'abominable Caftro,
le premier auteur de tous mes maux.....
Il étoit mon pere, repliqua Julie. Ce
mot me défarme, répondit le prifonnier, & il devient dès lors refpectable
pour moi. La pupille ne perdoit pas un
moment, armée de tenailles & de mar-
teau, elle rompoit les fers du captif,
& ayant paffé de-là dans la garde-robe
d'Albert, elle y prit un habit convenable pour le prifonnier. Libre, que
vais-je devenir, lui demanda-t-il ? Le
compagnon de Julie, repliqua la pupille, & le foutien de fes jours. Le captif conduit par cet inftinct fi puiffant
ur le cœur des hommes, fe jeta aux
genoux de fa bienfaictrice, & lui jura
une reconnoiffance éternelle ; mais ce
entiment n'étoit pas celui que Julie
ttendoit, & l'amour exigeoit un autre
etour.

Il n'y a pas, observa la pupille, un instant à perdre, mes coffres sont faits, j'ai trouvé dans le tiroir d'Albert deux mille pistoles ; partons, mais avant de sortir de cette maison, il est important que nous nous assurions de Francesca ; épions son retour, & mettons-là pour quelques heures dans cette prison ; le captif à qui Julie donna dès-lors le nom de *Vilblin*, qu'elle avoit trouvé dans un roman, se prêta aux vues de la pupille, Francesca ne fût pas plutôt rentrée, que Julie & Vilblin, qu'elle reconnut aisément, s'emparerent d'elle, & se disposerent à l'enfermer dans le lugubre sallon, lorsque cette femme se jeta à leurs genoux, leur offrit ses services, & promit de les suivre par-tout où ils jugeroient à propos d'aller. Julie étoit née avec un bon cœur ; d'ailleurs elle avoit assez de raison, pour sentir que l'expérience de Francesca lui seroit utile : la gouvernante fut donc pardonnée, & la pupille lui confiant le dessein qu'elle avoit de fuir, il fut résolu qu'on se rendroit sur le champ à *Péronne*, qui étoit alors la premiere ville de la domination Françoise, & que Julie **y**

I 4

prendroit conseil d'une vieille parente
qu'elle avoit dans cette ville.

Ces arrangements pris, la pupille,
Vilblin & Francesca, monterent en
chaise & partirent de Cambrai, après
avoir adressé à Bruxelles la lettre suivante à dom Albert.

,, C'est pour nous soustraire à la ty-
,, rannie du plus cruel de tous les hom-
,, mes, que le malheureux que vous
,, déteniez indignement dans les fers,
,, Francesca & moi, quittons Cambrai,
,, pour nous rendre à Péronne, auprès
,, d'une de mes parentes ; c'est-là que,
,, consultant des personnes éclairées sur
,, la conduite que je dois tenir avec vous,
,, je me réserve le plaisir de vous faire
,, ôter la gestion de mes biens, & de
,, me débarrasser à jamais d'un monstre
,, que je hais autant que j'aime l'infor-
,, tuné dont j'ai brisé les fers. ,,

Julie Castro Yledos.

La pupille arriva le jour même chez
sa parente, à qui elle raconta de point
en point son aventure, & ce qu'elle savoit de Vilblin, car Francesca, qui de-
meuroit depuis dix ans dans la maison,

ignoroit quel pouvoit être ce jeune homme.

La fuite de Julie , & la lettre qu'elle avoit écrite à fon tuteur , firent beaucoup de bruit à Bruxelles , & le comte d'Egmont ayant été décapité , le duc d'Albe, qui n'avoit plus befoin d'Albert, lui permit de pourfuivre fa Pupille , & lui donna même quelques lettres de recommandation pour le commandant de Peronne. Dom Albert arriva enfin dans cette derniere ville ; mais le gouverneur qui s'étoit fait inftruire de cette affaire, loin d'avoir égard à la protection du duc d'Albe , fit arrêter Albert , & lui fit fignifier qu'il ne feroit libre qu'àprès avoir rendu un compte exact des biens de Julie , & de l'état de Vilblin.

Albert eut beau dire que le teftament de Caftro lui affuroit dès-à-préfent la main & la fortune de fa Pupille, le gouverneur ne voulut rien entendre, & après avoir envoyé , avec la permiffion du duc d'Albe , un homme de confiance pour mettre le fcellé fur tous les papiers qui étoient dans la maifon de Julie , on fit ferrer plus étroitement dom Albert; mais cet homme obftiné à fe taire , ne voulut ni rendre compte des biens de Julie

I 5

ni éclairer le gouverneur fur l'état de
Vilblin.

L'émiffaire étant de retour de Cambrai, on laiffa écouler les délais ufités
en pareil cas, & dès qu'il fut permis,
fuivant les loix, de lever les fcellés, le
juge autorifa le confeil de Julie à s'emparer de tous les effets & de tous les papiers qui étoient dans fa maifon, & à les
tranfporter à Peronne. Dès qu'Albert fut
inftruit de cette nouvelle, il demanda
à parler au gouverneur, mais celui-ci
voulut voir les papiers avant de l'entendre.

Le teftament de Caftro ; donnoit des
idées très-précifes fur la fortune qu'il
laiffoit à fa fille ; l'objet étoit de faire
rendre compte à dom Albert d'une gef-
tion de près de douze années, car excepté les deux mille piftoles que Julie
avoit emportées en fuyant de Cambrai,
on n'avoit pas trouvé un fou d'argent
comptant, & on fent bien que Julie, qui
jouiffoit au moins de quinze mille piftoles de revenu, avoit de grandes prétentions fur Albert ; mais avant qu'on fit
rendre compte à cet homme, il étoit ef-
fentiel de vérifier l'état de Vilblin, pour
qui la Pupille avoit les fentiments les plus
tendres.

Parmi les papiers qui furent remis au gouverneur de Peronne , on en trouva un fur la couverture duquel on lifoit ces mots : *Eclairciffement fur un fecret impor-tant ;* on l'ouvrit & on y trouva ce qui fuit : *Comme Albert eft le feul qui fache le fecret de la naiffance de l'infortuné qui eft enfermé chez moi , & que mon ami pourroit mourir fans avoir fait cette con-fidence à perfonne , je fuis obligé en conf-cience de declarer que ce jeune homme ap-pellé Philippe Ferdinand Caftro Ylemos, eft fils de feu mon frere ; fon horofcope que j'ai fait tirer jufqu'à trois fois, m'a enga-gé de lui ôter la liberté , par ce que les dif-férents aftrologues que j'ai confulté , ont tous affuré qu'il raviroit le jour à tout ce qui reftoit de fa famille ; ma fûreté & la vie de ma fille , m'étoient trop précieufes pour que je n'otâffe pas à mon neveu les moyens de devenir affaffin : je laiffe à la prudence de ceux qui me furvivront , la dif-pofition du fort de mon neveu , mais je veux que fi on vient à lui rendre la liber-té , on l'éloigne des lieux que Julie habi-tera.*

Julie enchantée de trouver dans Vil-blin un coufin qui lui étoit cher , méprifa les prédictions dont fon pere la me-

naçoit , & elle intéreffa l'autorité de fa
parenté , & le crédit du gouverneur
pour fixer fon fort à celui du jeune Caftro
qui voulut , par reconnoiffance , joindre
au nom de fa famille celui de Vilblin ,
que fa bienfaictrice lui avoit donné; mais
le gouverneur , qui avoit lui-même des
vues fur la Pupille , fe réunit à fa parenté
pour lui faire fentir que les liens du fang
ne permettroient point ce mariage. Pendant que le gouverneur tâchoit de rendre Julie fenfible à fes veux , vingt autres prétendants , amoureux de fes beaux
yeux & de *ceux de fa Caffette ,* vinrent
fe mettre fur les rangs : la Pupille étoit
recherchée par tout ce que la Flandre &
la Picardie avoient de plus grands feigneurs ; les uns lui offroient une fortune
qui balançoit la fienne , les autres des
marques de diftinction , & des titres
d'honneur : le feul Caftro ne lui donnoit
qu'un fentiment , & la main de Julie
en fut le prix. Le gouverneur & tous
ceux qui avoient été fes rivaux , furent
renvoyés. Julie obtint des difpenfes de
la cour de Rome , & les graces couron-
nerent la vertu & le malheur.

Dom Albert condamné à reftituer
cent mille piftoles à fa Pupille , n'obtint

la liberté qu'à ce prix, & les jeunes
époux ayant donné à leur parenté des
marques de la reconnoiſſance la plus
vive, revinrent à Cambrai avec Franceſca à qui ils donnerent une penſion
aſſez conſidérable.

Julie devint groſſe, & comme elle
avoit une terre entre Cambrai & Bou-
chain, elle voulut y aller paſſer la belle
faiſon. La chaſſe étoit un plaiſir vif pour
elle, tous les jours elle y alloit avec ſon
mari qu'elle adoroit autant qu'elle en
étoit adorée ; ces beaux jours devoient-
ils durer ſi peu ? Caſtro & ſon épouſe
s'étoient égarés dans un boſquet épais où
ils pourſuivoient un ſanglier ; l'animal
partit, & un coup de fuſil que Caſtro
lâcha, laiſſe la tendre Julie ſans vie ;
le mari déſolé ſe jeta ſur le cadavre de
ſon épouſe, qui vécut encore aſſez pour
recevoir ſes derniers adieux. Voilà,
s'écria le malheureux Caſtro, la pré-
diction accomplie ? Le ciel m'avoit donc
deſtiné à aſſaſſiner la femme la plus reſpectable de l'univers ? Allons, je veux
ſur le champ me réunir à l'objet que je
viens de perdre, & s'il reſte encore
quelqu'un de mon ſang, je m'épargne un
crime en m'ôtant la vie. Caſtro eut à

peine fini ces mots, que deux coups de poignards le priverent du jour, & le précipiterent fur le corps de Julie, à laquelle il fe réunit à jamais.

Telle fut la fin tragique de deux époux qui ne cefferent point d'être amants. Puiffe cette hiftoire leur mériter des larmes ! On en doit aux malheureux qui ne font point coupables.

Arfinoé termina là fon roman écrit avec intérêt, & fans affectation. Chat-Huant s'en empara, bien fûr d'en faire fon profit, & de lui faire voir le jour à la premiere occafion. En quittant le cabinet de l'ingénieufe Arfinoé, l'écritoire fit encore quelque courfes ; mais fes peines furent mal payées, & fatigué d'être employé par une foule de fots, Chat-Huant voulant à la fin être ignoré de tout l'univers éclairé, alla fe confiner dans le taudis de l'auteur du *Journal de Commerce*, perfonnage prefque fcientifique, mais auffi inconnu que fes ténébreufes productions.

Il eft temps maintenant de terminer cette troifieme & derniere partie des *Amufements des Dames de B****, par un aveu fincere qui va dérouter beaucoup de gloffateurs, commentateurs, interprêtes & obfervateurs.

Il faut donc que l'on ſache que tous les portraits d'hommes & de femmes qui ſe trouvent dans la premiere partie , ne ſont exactement calqués ſur aucune perſonne de *Bruxelles* ni de *Paris.*

Je les ai imaginés ſans projets & ſans prétentions, bien certain toutefois qu'on feroit des applications malignes de chacun d'eux ; voilà ce qui a donné lieu au titre de cette brochure : *Je m'y attendois bien.*

Il y a ici un Monſieur *François* , qui ſe flatte d'être le premier *ferrurier* de l'Europe. Je ne compoſe pas une brochure qu'il n'en faſſe la clef, & quelqu'un à qui il perſuade que ſes alluſions ſont des arrêts, les envoya à une Dame de Bruxelles , qui croit avoir l'oracle des méchancetés , développé dans tous ſes points. Ce Monſieur *François* avoit déjà fait une clef du *Colporteur* , fauſſe dans toutes ſes applications ; il eſt vrai que c'étoit un peu ma faute , parce que venant tous les jours chez moi , ſous le prétexte honnête *de me tirer les vers du nez* , je lui faiſois de fauſſes confidences qu'il prenoit pour argent comptant, & alloit d'après fabriquer cette clef qu'on envoya enſuite à Bruxel-

les , comme une piece deſtinée à ſervir
aux mémoires des mœurs du dix-huitie-
me ſiecle. Ce même coopérateur a fait
auſſi une clef des Amuſements des Dames de Bruxelles , deſtinée à éclairer
Madame la comteſſe de C. Mais je proteſte à cette Dame , que ſi l'ouvrage de
M. le François eſt ſon guide , elle fera
autant de jugements téméraires qu'il y
a d'apoſtilles en marge de la brochure
qu'on lui a expédiée.

Ce n'eſt pas que je prétende ici m'ex-
cuſer ; je crois que Bruxelles eſt une
ville ſemblable à toutes les autres , c'eſt-
à-dire , qu'il y a des gens d'eſprit , des
ſots , d'honnêtes hommes , des frippons , des femmes reſpectables , & des
femmes galantes ; je crois très-ferme-
ment que cette marchandiſe mêlée exiſte
dans Bruxelles , mais il y auroit eu de
l'imprudence à moi d'eſſayer de peindre
une ville que je ne connois pas.

J'ai demeuré dix mois à Bruxelles ,
mais j'y aurois reſté pendant vingt ans ,
que la vie que j'y menois , ne m'auroit
pas inſtruit d'avantage : je ne ſortois de
mon cabinet que pour aller reſpirer au
parc ; quand le temps étoit contraire à
la promenade , j'allois dans un petit

café, où quelques François qui n'avoient point d'argent, faiſoient des mines ou de l'eſprit, & on ſent bien qu'avec de pareils originaux, je ne ſavois tout au plus que la gazette des tables d'hôtes, où ces Meſſieurs mangeoient beaucoup, & payoient fort mal.

J'avoue qu'il auroit dépendu de moi de me répandre, mais il falloit être *flatteur*, *ſot* ou *comédien*, pour jouer un rôle ; & ces trois perſonnages, n'allant ni à ma façon de penſer, ni à mon caractere, j'aimai mieux reſter chez moi, & vivre ſeul, que d'aller compromettre mes mœurs & ma probité dans des cercles bruyants, où l'on reſpire l'ennui du propos, & la fadeur de l'étiquette. Un d'*Hennetaire*, un *Marignan*, & quelqu'autre faquin du même acabit, étoient les héros de ce qu'à Bruxelles on appelle *la bonne compagnie* ; ces *eſpices* avoient le pas ſur un honnête homme, & un valet de chambre auroit été chaſſé comme un mauvais ſujet, s'il avoit introduit un homme de condition avant un hiſtrion, mime, baladin ou farceur quelconque : or, il eſt aiſé de s'imaginer que de ſemblables préférences étant faites pour révolter un homme de lettres, le

parti le plus fage qu'il ait à prendre, eft
de vivre avec lui-même, fa compagnie
eft du moins fûre, & il n'a à redouter
ni les hauteurs de l'importance, ni le
fourire dédaigneux des feize quartiers,
ni les détails de la calomnie, ni les horreurs du menfonge, ni les craintes du
lendemain.

Le fameux *Rouffeau* vécut beaucoup
avec les grands à Bruxelles, mais ce
poëte ne plioit point fous des hommes
avec qui il s'étoit réfervé le privilege
d'annoncer des vérités dures, mais né-
ceffaires, & celui qui ofa dire au *comte
de Lannoi*, gouverneur de Bruxelles,
*vous ne pouvez vous diffimuler que ma fo-
ciété vous fait honneur*, étoit incapable
de fouffrir un outrage de l'orgueil des
grands qu'il favoit humilier, quand ces
grands vouloient oublier qu'ils avoient
l'honneur d'être avec des gens d'efprit.
Puifque je fuis fur ce chapitre, je veux
terminer cette brochure par quelques
réflexions relatives aux grands feigneurs
& aux gens de lettres. Les gens de la
premiere qualité eurent long-temps en
France, comme par-tout ailleurs, la
barbarie de dédaigner les lettres, &
même de les regarder comme une chofe

vile, dont la culture étoit déshonorante;
ces erreurs groffieres furent auffi celles
de 'toute l'Europe. *François* premier ,
qui ofa croire qu'on pouvoit être roi , &
favoir lire , attira des femmes & des
beaux efprits à fa cour ; fa mere aimoit
les lettres , & toute la cour. puifa dans
le goût de la littérature ce ton d'urbanité , de politeffe & de galanterie , qui
diftingua la France fous le regne de
François premier ; mais le malheur des
guerres civiles , & les difputes de religion , replongerent la France dans fa
premiere barbarie , & les grands feigneurs continuerent à être des fots illuftres qui ne favoient pas lire , & qui
méprifoient tous ceux qui avoient quelques connoiffances ; car toute cette nobleffe qui fe piquoit de guerroyer, croyoit
que le gentilhomme le plus parfait, étoit
celui qui fautoit le mieux un foffé, s'eni-
vroit le plus fouvent, tuoit le mieux une
caille , & mentoit le plus effrontément.

Richelieu eut le grand talent de contenir cette nobleffe jufqu'alors auffi groffiere qu'infolente ; on rafa leurs châ-
teaux & leurs tourelles qui donnoient
un petit air de fouveraineté à leurs anti-
ques mafures ; on détruifit cette autorité

212   *Je m'y attendois bien*,

féodale qui faisoit des *cerfs* de leurs vas-
faux , & comme ces nobles n'eurent
plus de crédit , on cessa de les visiter ,
& ils furent obligés à leur tour de venir
implorer des graces à la cour. Cette époque est celle qui fixa la société , bannit
la tyrannie , & mit l'égalité dans les
sujets du roi ; car , grace au cardinal
qu'on vient de nommer , il n'y a plus
de seigneurs en France ; tout y est su-
bordonné à l'autorité du roi qui est le
seul maître , & on n'y reconnoît point
ces prétendus grands qui font gémir en
Allemagne l'humanité & le peuple.

Les François éclairés sous le regne de
Louis XIII , ou plutôt sous le ministere
de Richelieu , commencerent à avoir , à
l'exemple du cardinal , une sorte de
considération pour les gens de lettres ;
mais cela n'alla pas encore jusqu'à vivre
avec eux. On vouloit bien lire leurs ouvrages , mais on ne se soucioit pas de
voir leur personne ; il est vrai que les
hommes de lettres n'avoient pas pour
eux-mêmes cette considération person-
nelle qui attire celle des autres. *Corneille*
fut presque le seul qui mérita des distinctions sous le regne de Louis XIII ; mais
ce grand homme avoit la petitesse d'ap-

peller le cardinal de Richelieu *ſon maî-*
tre , cependant aucun miniſtre en France
n'eſt le *maître* momentané que de ſon
domeſtique , & Corneille n'étoit point
attaché à Richelieu.

Louis XIV vint enfin pour l'honneur
des rois, de l'humanité , des talents &
des lettres. Ce monarque , dont le regne
a tant de conformité avec celui d'*Au-*
guſte ; accueillit les gens de lettres , &
les ſeigneurs de ſa cour , qui virent leur
maître s'entretenir familiérement avec
Moliere , Racine & *Boileau* , ſingerent
la majeſté , & eurent pour ces trois
auteurs des attentions qui influerent
bientôt ſur tout le corps de la littérature. Les hommes de lettres furent admis dès-lors chez tous les grands ſeigneurs, mais ce qu'il ne faut pas oublier
de remarquer , c'eſt qu'ils n'y étoient
encore admis qu'à titre d'hommes de
lettres, c'eſt à-dire, pour ſervir à l'amu-
ſement des grands , tels qu'on reçoit un
comédien & un *plaiſant.*

J'avoue que pluſieurs auteurs furent
accueillis avec diſtinction par pluſieurs
grands ſeigneurs ſous le regne de Louis
XIV ; mais ils s'en vanterent de façon à
s'humilier eux- mêmes , & comme vou-

lant faire entendre que de pareilles confidérations étoient moins un effet de
leur mérite que de la bonté des grands,
fottife de l'efprit qui doit fe connoître
affez pour tenir au moins l'égalité avec
la plus haute naiffance. A choifir des
réputations, tout homme fenfé aime-
roit mieux être *Corneille* que *le maréchal
de Saxe.* L'un a éclairé la France, &
l'autre l'a vengée ; mais la vérité eft que
fans Corneille nous n'aurions ni *Cinna*,
ni *Polieucte*, ni *Rodogune*, & qu'il eût
été très-poffible, fans le comte de Saxe,
de gagner les batailles de *Fontenoi*, de
Lavvfelt & de *Rocoux.* D'ailleurs, ce
qui doit affurer la préféance à l'homme
de lettres, c'eft qu'il coopere feul au
fuccès de fon plan, au lieu que celui du
guerrier a cent têtes & deux cent mille
bras pour le faire réuffir. Ce fut donc
fous Louis XIV que les héros & les autres grands hommes jugerent que leurs
actions & leurs noms ne pouvoient paffer
à la poftérité que par la plume des gens
de lettres qui, en difpenfant l'immortalité, éleve & déshonore, crée &
anéantit.

Tous les favants du fiecle dernier
vécurent avec tout ce que la cour avoit

de plus brillant ; mais si on en excepte
Racine , *Quinaut* , & même *Pradon* tant
avili , qui joignoient à des figures inté-
ressantes le ton du grand monde , tous
nos écrivains se ressentoient encore de
la gêne du cabinet , & Boileau lui même , élevé , pour ainsi dire , dans la cour
la plus polie , conserva toujours la féro-
cité du censeur au milieu de l'urbanité
des courtisans , & quelque répugnance
qu'il fût que la marquise de *Maintenon* ,

Veuve sans avoir eu d'époux.

avoit d'entendre nommer le nom du
poëte Scaron , Boileau, qui ne pouvoit
s'accommoder au ton de la flatterie ,
crioit , chez la marquise elle-même ,
que *Dom - Japhet* étoit une mauvaise
piece , & le *Virgile travesti* une ordure.
Le poëte satirique , en parlant ainsi ,
avoit raison , mais il n'est pas permis de
l'avoir à la cour aux dépens de la politesse & des bienséances. Ainsi les auteurs qui violerent ces deux principes
par défaut d'usage du monde , furent
encore éloignés de ce ton de la bonne
compagnie qu'on connoissoit alors, mais
qu'on ne définissoit point.

Les gens de lettres, fous le regne actuel, ont même renchéri fur les courtifans, & ils ont pouffé la manie des airs jufqu'à l'oftentation dans les uns, & au ridicule dans les autres ; magnifiquement mis, & galants d'autant plus dangereux que la plupart d'entr'eux ont l'art de peindre le fentiment, & de vaincre la cruauté, ils ont eu beaucoup de femmes de condition, & ces bonnes fortunes leur ont donné un ton de convenance qui eft devenu par eux - mêmes celui de la bonne fociété. Je connois dix-fept gens de lettres qui ont eu part aux faveurs d'une duchefle aimable ; cependant, croiroit-on que, malgré tant de prétentions au bel-efprit, cette Dame a mieux aimé finir par la dévotion, que de tenir bureau de littérature.

Monfieur de Voltaire fut un des premiers qui vécut familiérement avec les grands. Le duc de Villars, le grand prieur de France, le duc de Sulli, & tous les feigneurs les plus aimables de la cour, formoient fa coterie particuliere ; il eut ainfi qu'eux des *fecretaires*, *des valets de chambre*, & tous les animaux de cette efpece, qui attirent de la confidération aux yeux du peuple, & même de la grandeur ;

grandeur ; haut avec les grands , il ne
leur paffa jamais un écart , & on fe fou-
vient encore de la réponfe qu'il fit au
chevalier *de Rohan* , qui le plaifantoit
fur le nom de *Voltaire* qu'il avoit pris (1):
*La différence de vous à moi , lui dit-il ,
c'eft que je fuis le premier de mon nom , &
vous le dernier du vôtre.* Le chevalier de
Rohan , piqué de la vivacité de cette
repartie , manqua à M. de Voltaire chez
le duc de Sulli. Celui-ci n'ayant point
pris affez chaudement le parti du poëte,
M. de Voltaire s'en vengea avec éclat ;
il retira tous les exemplaires de *la Hen-
riade* qui n'étoit connue alors que fous
le titre de LA LIGUE , *poëme en fix
chants* , fit la nouvelle édition que nous
avons aujourd'hui , dans laquelle il fubf-
titua le nom de *Mornai* à celui de *Sulli*
qu'on n'y trouve plus. La famille de ce
dernier a fait tout au monde pour faire
rétablir ces divers paffages fi honorables

---

(1) Dans le premier voyage que M. *Arouet* fit
en Italie , il tomba malade à *Volterra* , ville de
Tofcane , où il fut accueilli avec tant de diftinction qu'il en garda le nom par reconnoiffance ,
& ceux de Volterra fe félicitent encore aujour-
d'hui de cet honneur.

Tome II. K

à la mémoire du fur-intendant Sulli. M.
de Voltaire inflexible n'a jamais voulu fe
rendre, & il a dit qu'il vouloit apprendre à la poftérité qu'un poëte favoit corriger des ducs. S'il avoit écrit la vie de
Henri IV, il n'auroit gueres pu enfe-
velir l'époque glorieufe du miniftere de
Sulli ; mais un poëme comporte des
licences, & M. de Voltaire en a ufé.

De tous les peuples de la terre, les
feigneurs Anglois font fans contredit les
premiers qui aient honoré les lettres,
foit en les cultivant eux mêmes, foit en
recevant favorablement ceux qui les
cultivent. Pourquoi ? C'eft que les Anglois font véritablement des hommes,
& que je ne vois prefque par-tout ailleurs que des machines organifées. *S.*
Evremont, réfugié à Londres, y jouit de
la confidération la plus grande, & les
Anglois, non contents d'avoir refpecté
cet homme célebre, tant qu'il vécut
parmi eux, éternifent leur eftime pour
lui, en le faifant enterrer dans l'abbaye
de *Weftminfter*, qui eft, comme perfonne ne l'ignore, *le Saint-Denis* de
l'Angleterre. Le deftin de *Rouffeau*,
retiré à Bruxelles, fut bien différent,
& ceux qui chercheront la caufe de cette

disparité, la trouveront dans les façons
de penser différentes des cours de Vienne
& de Londres.

Charles VI ne protégea point les lettres, & Rousseau reçut plus de bienfaits
de l'Angleterre, en huit jours, qu'il
n'en eut pendant trente années qu'il
vécut dans les états de l'empereur. Le
prince de la Tour, le duc d'Aremberg,
& quelques autres seigneurs résidents
dans les Pays-Bas Autrichiens, lui ac-
corderent des bienfaits ; mais le prince
Eugene fut le seul qui le reçut en homme de lettres ; il l'obligea sans l'humilier, & il vécut à Vienne avec lui comme
Condé vivoit en France avec Boileau.
Cependant ce Rousseau, qui sentoit que
Paris est la seule ville des arts, y revint
avant sa mort ; mais ses ennemis vivoient, & il fut contraint de retourner
à Bruxelles, où il mourut malheureux.
Les peres carmes déchaux, par considération pour son frere qui avoit fait
honneur à leur ordre, l'enterrerent dans
un petit coin de leur église ; c'est-là que
reposent, sans tombeau & sans épitaphe,
les froides reliques d'un des plus célebres
poëtes que la France ait eus, & comme
les grands ne le voyoient que par osten-

Je m'y attendois bien,
cation ou pour leurs propres befoins , ils
l'oublierent dès qu'il ne fut plus.

Et comme à l'intérêt l'ame humaine eft liée,
La vertu qui n'eft plus, eft bientôt oubliée.

Je defirerois fort que les defcendants
de ces hommes qui accueillirent Rouffeau , confacraffent une petite partie du
fuperflu de leurs menus plaifirs à élever
un tombeau au grand poëte dont je
parle ; ce monument leur feroit honneur
dans l'efprit des étrangers étonnés de
cet oubli ; ma foible voix parviendra-
t-elle jufqu'à leur lambris , j'en doute ,
mais j'ai fait mon devoir en leur indi-
quant le leur.

Rouffeau connoiffoit affez les grands
pour ne point s'humilier avec eux , en
leur fourniffant des armes contre lui. Le
duc d'Aremberg , prétendant que le
poëte lui avoit manqué , ne voulut plus
le voir , mais agiffant en feigneur , il
lui laiffa la penfion qu'il lui faifoit depuis plufieurs années. L'intendant du
duc arriva à l'échéance chez Rouffeau,
avec de l'or & une quittance. Rouffeau
refufant la penfion , répondit à l'intendant qui le preffoit de ne pas bouder

jufques-là : *Dites à M. le duc d'Arem-*
berg, que fon amitié, que je n'aurois pas
dû perdre, m'étoit plus chere que fa penfion,
& que dès que je ne vis plus avec lui, fes
bienfaits me deshonoreroient. Le duc d'A-
remberg s'étoit comporté en grand feigneur, & Roufleau en honnête homme.
Ne commencez pas par plier avec les
grands, vous aurez toujours les reffources de les humilier quand ils vous man-
queront ; mais n'allez pas recevoir de
ces générofités à *la Tencin* (1), elles
humilient dans l'efprit de celle qui les
fait, & déshonorent dans le public.

Pour ne s'écarter jamais de ce qu'il
fe doit, un homme de lettres doit fe
mettre au niveau des grands, en gar-
dant toujours ces bienféances de convention relativement à l'état des perfonnes.
Un prince eft prince pour tout le monde,
mais il manque à l'homme de lettres
qu'il admet à fes parties familieres, il

---

(1) Madame Tencin avoit neuf beaux efprits,
qu'elle appelloit fon parnaffe, à qui elle donnoit
tous les premiers de l'an une culotte de velours :
quand les laquais les voyoient entrer, ils difoient
par dérifion : *voici un de nos penfionnaires*, ou
bien *un homme à la culotte.*

K 3

fort de son état, & rompt les bornes que retenoient ceux qui l'environnent.

Depuis que le roi de Prusse a jugé que les gens de lettres faisoient l'appui du trône, & la réputation des rois, il les a admis à sa cour & à ses soupés, où Frederic, déposant la gravité de l'étiquette, ne laisse voir que le philosophe ; c'est *Socrate* dont le front est couvert des roses d'*Epicure*. La protection singuliere que Frederic a daigné accorder aux lettres, est l'époque de la naissance du goût en Allemagne & dans le Nord ; un autre Fréderic les favorise à Coppenhague, où les beaux arts s'embellissent à l'ombre du trône ; ils fleurissoient en Russie sous le dernier regne ; les cours de *Bareuth* & de *Saxe-Gotha*, donnent un asyle à tous les talents. Ces lettres enfin qui furent si long-temps négligées ou plutôt ignorées en Allemagne, où l'on sacrifioit tout, tantôt à la dévotion, tantôt à la chasse, & tantôt au plaisir de la table, y sont aujourd'hui dans la plus haute considération, & le mérite littéraire y est en crédit comme en France où il a fait sous ce regne plus d'une fortune brillante.

M. l'abbé , aujourd'hui cardinal de *Bernis* n'a dû son entrée dans le minif-tere , qu'à son *épître aux Dieux Pena-tes* , que les éditeurs Hollandois s'achar-nent obstinément à inférer dans les œu-vres de M. *Greffet* : ce dernier a dû les deux places qu'il remplit à ses vers : vingt autres ne font redevables des charges qu'ils occupent qu'à leurs talents littétaires. En France on donnoit autre-fois des pensions à un écrivain , mais jamais de place , parce qu'on pensoit fauffement qu'un auteur ne valoit rien au-delà de la fphere des lettres. J'ai vu plus d'un ministre adopter ces idées ridicules , & perdre par-là de bons fu-jets. Quoi ! parce que le duc de Niver-nois & le marquis de Paulmy , feront des vers agréables & des discours ora-toires , conclura-t-on qu'ils ne sauront pas négocier ? *Destouches* , l'auteur du *Philofophe marié* , & du *Glorieux* , rem-plit à Londres le titre de ministre du roi avec distinction , & *Caillieres* , pour être de l'académie Françoife , n'en a pas moins écrit un livre fort utile fur l'*art de négocier.*

Il y a dans le monde une autre efpece d'hommes , dont la fureur eft de raf-

K 4

sembler chez eux des gens de lettres ;
ces particuliers qui marient leurs filles
aux grands, aux seigneurs qu'ils parodient
dans la plupart des actions extérieures
de leur vie, veulent avoir des auteurs à
leur table, comme ils ont un musicien
à leur concert, pour leur agrément.

Ces hommes lourds, qui croient qu'un
parvenu est un être sublime qui a le
droit d'être insolent dès qu'il est riche,
s'apesantissent sur les gens de lettres,
& veulent dans l'ivresse de leur or, en
faire les objets de leur fade gaieté & de
leur grossier amusement. Ce sont ces
épais *Alcidors* ; qu'un auteur doit réprimer avec la plus grande sévérité, dès
que l'intempérance de ses discours l'éloigne de la considération qu'il doit à un
homme à talents. Il est, parmi ce tas de
financiers modernes, de ces *Lisimonds*
qui n'ont pu se défaire de ce limon dans
lequel les publicains de l'ancien temps
croupissoient, il faut, dès qu'ils s'éga-
rent, leur répondre ce que le marquis
du Roullet dit à un d'eux qui osoit lui
manquer, & à quelques auteurs qui
étoient chez le financier, *va malheureux, va cuver ton or*, ce mot expressif
fit rougir le fermier général, mais il ne

le changea pas, parce que le troupeau des gens faméliques qui l'environnoient, aimoit à digérer un bon plat, au lieu des impertinences du faſte, & des ſottiſes de l'orgueil.

Quelques-uns de ces financiers ont cultivé les lettres avec une ſorte de ſuccès, mais la plupart d'entre eux ont eu des *teinturiers* avec leſquels, nouveaux *Guillaumes*, ils imaginoient les couleurs ; je développerai cela plus amplement dans un ouvrage que je donnerai dans mes moments de loiſir, ſous le titre du.... mais le titre eſt inutile ; ſi je l'annonçois , il y a ici des hommes après, qui auroient contrefait mon livre avant que je l'euſſe compoſé. J'obſerverai cependant que parmi les financiers de ce ſiecle, il en eſt pluſieurs qu'on peut mettre au rang des hommes aimables qui forment la vraiment bonne compagnie ; mais en général un homme de lettre ne doit pas ſe lier librement avec des gens de cette eſpece, toujours s'oubliant au point de manquer à chaque inſtant à ceux dont la fortune n'égale pas la leur, que réſulte-t-il de cette inconſidération , l'écrivain qui en eſt choqué , la punit, ſoit en mettant mon

K 5

financier fur la fcene, foit en le confi-
gnant dans un roman allégorique, où le
mépris de fes ridicules furvit à fes impertinences. M. l'*Opolent*, fermier général,
aura beau foudoyer des écrivaffiers & des
muficiens pour le célébrer, il mariera
en vain des gens à talents pour mani-
fefter fa grandeur, il n'effacera de la
mémoire de perfonne le portrait d'*Alci-
dor*, *le parnaffe moderne*, ni *les adieux
du goût*, dans lefquels il eft peint d'après
nature : puiffent les auteurs continuer à
méprifer les grands qui n'ont pour eux
que les avantages hafardés & incertains
de la naiffance, & réprimer avec la plus
grande févérité le fafte financier & l'ar-
rogance publicaine, qui, s'épanouiffant
fur des monceaux d'or gagnés au prix
du fang des peuples, infultent en fouriant infolemment aux victimes qu'ils
ont égorgées ? Puiffent enfin les gens de
lettres, que l'ignorance de quelques militaires mal inftruits veut encore avilir,
parce qu'ils vendent leurs ouvrages,
comme fi M. *le capitaine* n'alloit pas
vendre, moyennant cent fous par jour,
fa liberté & fa perfonne ; *mais je fers la
patrie*, s'écrie cet infecte ? Et non, tu
en impofes lui répondrai-je ? Tu fers

l'argent, & fi la patrie pour laquelle tu exaltes fauffement ton zele, ceffoit de te payer, tu quitterois demain les drapeaux ; c'eft le littérateur que ton orgueil ftupide méprife, qui fert l'état en l'éclairant par des ouvrages qui corrigent le vice, animent à la vertu, inftruifent le militaire fur fes devoirs, & ramenent tous les fujets à l'honneur ; il vend fes leçons, & le produit de fon travail l'honore. Boileau affez riche du patrimoine de fes peres & des bienfaits de Louis XIV, pour ne vendre jamais aucun de fes ouvrages, ne défapprouvoit point que *Racine* fon ami vendit les fiens, & c'eft à cette occafion qu'il dit :

> Je fais qu'un noble efprit peut fans honte &
>   fans crime,
> Tirer de fes écrits un tribut légitime.

Je trouve autant de baffeffe à un officier qui, fatigué de fervir l'état par crainte & par ennui, vend fon rang, que je vois d'honneur à un homme de lettres qui retire d'un libraire qu'il enrichit, une rétribution honnête provenant de fes écrits.

Je terminerai cette brochure, par les

dernieres lignes qu'un homme de lettres traça en mourant à son fils qui suivoit cette carriere glorieuse.

MON FILS,

„ Je touche au terme de ma vie, &
„ je vois approcher ce moment sans alar-
„ mes ; ma philosophie m'a appris de
„ bonne heure à connoître les hommes,
„ à respecter la divinité, & à savoir
„ qu'il faut finir. La carriere des lettres
„ que vous suivez, m'engage à vous tra-
„ cer quelques lignes, relatives aux
„ dangers que vous courez, écoutez-
„ moi attentivement, & suivez mes
„ conseils, si vous voulez être à l'abri
„ de l'insolence de la richesse.

„ J'ose me flatter d'avoir cultivé les
„ lettres avec succès, vous pouvez sou-
„ tenir le nom que je me suis fait, mais
„ vous n'y parviendrez qu'en suivant
„ mes principes, ils sont simples &
„ courts ; relisez-les une fois, vous serez
„ sûr de ne les oublier jamais.

„ Ne regardez pour grands que les
„ hommes qui réuniront le mérite à la
„ naissance ; si vous les voyez, vivez
„ avec eux en égal, & ne leur laissez

,, aucune ſorte dè ſupériorité , parce
,, que comme ils ſont foibles , ils devien-
,, droient inſolents.

,, N'allez pas ſur tout , proneur com-
,, plaiſant de la voix publique , mettre
,, au nombre des puiſſances du ſiecle ,
,, tous ces étres mépriſables , qui n'ont
,, de l'orgueilleuſe humanité que les
,, reſtes d'un blaſon. Il y a quelque temps
,, que traverſant l'égliſe de S. *Roch* , je
,, vis un mauſolé d'un homme médiocre
,, que j'avois connu , je m'approchai , &
,, j'y lus c es mots gravés en or ſur un
,, marbre blanc ;

CI-GIST LE GRAND....

,, *B iſez vous* , *impoſteurs* , m'écriai-je
,, avec *Feutri* , le citoyen de Lille , j'ai
,, vu cet homme le trop près , & ce
,, n'eſt qu'un petit ſot que vous célébrez
,, au dépens de la vérité.

,, Fuyez ſur-tout cette engeance mé-
,, priſable des financiers qui croient
,, qu'une indigeſtion doit êrre le prix des
,, éloges menſongers qu'ils ſe font pro-
,, diguer par des ſots affamés ; ne les
,, regardez qu'avec les yeux de *Plutar-*
,, *que*, qui ne les enviſageoit que comme

„ des fang - fues publiques, dont tout
„ honnête homme devoit fe défier.

„ Refpectez la feule vertu, honorez
„ les talents, & réfléchiffez que mal-
„ gré les clameurs du vulgaire ftupide,
„ & de la grandeur imbécille , la répu-
„ tation des rois, des miniftres, des
„ héros & des grands, dépend unique-
„ ment des gens de lettres. Tel hom-
„ me, qu'on oublie aujourd'hui, fera
„ honoré dans fa poftérité par fes ac-
„ tions, & tel autre, qu'on célebre,
„ fera dégradé à ne fe relever jamais ;
„ le temps & la plume des hiftoriens
„ font les réputations, j'ai méprifé les
„ grands ; j'ai vilipendé les financiers,
„ & je meurs avec la réputation d'un
„ honnête homme, fur le tombeau du-
„ quel je veux qu'on mette ces vers de
„ *Juvenal*, qui ferviront à votre épita-
„ phe, fi vous êtes affez fage pour
„ m'imiter. „

...... Civis erat qui libera poffet
Verba animi proferre, & vitam impendere vero.

Sat. IV. Verf. 90.

F I N

*De je m'y attendois bien , & de la troi-
fieme partie des Amufements des Dames
de B***.*

MÉMOIRES
D'UNE
HONNÊTE FEMME,
ÉCRITS
PAR ELLE-MÊME,
ET PUBLIÉS
Par M. DE CHEVRIER.

Il en est jusqu'à trois que je pourrois citer.
D'Esp. Sat. des F.

PREMIERE PARTIE.

A LONDRES.

M. DGC. LI.

A

MADAME

*MADAME DE P****.*

Madame,

*Les Mémoires d'une femme qui unif-
foit le talent de plaire, au plaifir de ne
fuccomber jamais, ne pouvoient paroître
que fous les aufpices de la beauté & de
la vertu; c'eft à ces titres que j'ai l'honneur de vous adreffer cet ouvrage; votre
modeftie ne fouffre pas que je la nomme,*

votre nom seul étant un éloge ; & me forcer à le taire , c'est être au-dessus de l'éloge même.

J'ai l'honneur d'être avec une considé-ration respectueuse ,

MADAME,

Votre très-humble & très-obéissant serviteur,

CHEVRIER.

MÉMOIRES

D'UNE

HONNETE FEMME.

PREMIERE PARTIE.

Qui ! moi devenir auteur ? Y pensez - vous, Madame ? Je connoîs la force de l'amitié ; mais quelle que soit sa puiſſance, elle ne peut jamais nous donner les talents que la nature nous a refuſés. Si l'envie d'obliger une amie auſſi généreuſe, ſuppléoit à l'eſprit, j'écrirois dans ce moment ; mais je vous avoue que mes aventures ne ſeroient point l'objet de mon travail. Quand on a vécu trente-cinq ans dans le grand monde ; on a ſouvent à rougir ; la vertu même forcée

de rappeller ses périls passés, voit quelquefois ces images funestes avec une
sorte de plaisir, qui naît moins de
l'avantage du triomphe, que de la vanité
qu'il excite dans notre ame : ces instants
peuvent séduire, & s'y laisser entraîner
à cinquante ans ; c'est échouer au port....

Quoi ! Madame, la sagesse de mes
réflexions ne vous touche point, & vous
exigez que toute entiere à l'amitié, je
lui dévoile les événements de ma vie ?
Quel sacrifice ! & qu'il va me coûter !
Ma modestie & mon amour propre vont
souffrir également. Vanter sa vertu,
c'est un supplice pour quelqu'un qui n'est
sage que par goût ; se voir critiquer,
quant on n'écrit que pour l'amitié, c'est
un désagrément auquel l'auteur qui a le
moins de prétentions, ne s'accoutume
point. Ce n'est pas que je croie que vous
attaquiez mon style ; femme ainsi que
moi, vous savez que notre sexe n'est pas
fait pour écrire, & que lorsqu'il veut
bien prendre la plume, il mérite au
moins l'indulgence qu'on doit à des
efforts généreux. Tout le monde ne
pense pas ainsi ; & les écrivains par état,
habitués à censurer même ce qui est
bon, vont se déchaîner contre un ou-

vrage plus négligé que facile, où le cœur
fensible, laiffe à l'efprit l'art de paroître
brillant : on va enfin me juger comme
un bel efprit en titre, & je n'y gagnerai
pas. Vous m'aimez, il eft vrai, & le
fuffrage que j'obtiendrai au moins de
votre complaifance, doit m'enhardir.
La voix de l'amitié eft pour moi celle
de l'univers. .... Un moment, je crois
'que je parle ici d'après quelqu'un.....
oui, cette penfée fe trouve dans prefque toutes les tragédies, & dans un
grand nombre de nos romans, tant
mieux ; ce vol eft fait à tant de monde,
que je me flatte que perfonne n'ofera en
demander la reftitution. Je commence.

La Bourgogne eft ma patrie : le marquis de *Malbonne* mon pere, étoit fils
d'un préfident à mortier au parlement
de *Dijon* ; ennemi déclaré de la robe à
laquelle fa famille devoit tout fon éclat,
il entra à l'âge de feize ans dans le corps
des moufquetaires gris. Fixé par fon état
à *Paris*, il y devint amoureux d'une fille
de fpectacle, jeune & fenfible. Il n'eft
pas difficile de s'imaginer que fon cœur
fut bientôt fubjugué par une de ces princeffes du jour, qui joignent à la facilité
de féduire le cœur, l'art dangereux d'en-

chaîner l'efprit. Mais, ce qu'on ne fe
perfuadera pas fans peine, c'eft que le
marquis de *Malbonne* aimoit fi refpec-
tueufement l'actrice, que, quoiqu'elle
auroit dû fe révolter d'un ton qui lui
étoit étranger, elle amena mon pere au
point de contracter un mariage clandeftin avec elle. Peu de gens ont fu que
la *Duclos* (c'eft le nom de la fille de
fpectacle dont je parle) ait été amie
avec mon pere. *Louis XIV.* informé
d'un hymen oppofé aux loix de l'état,
& contraire aux bonnes mœurs, le caffa,
& la comédienne reparut fur la fcene
Françoife qu'elle avoit abandonnée depuis huit jours ; c'eft-là que forçant le
fentiment, & ouvrant la vérité, elle
eut l'avantage de plaire fans en avoir le
talent : fupercherie dont le public eft
encore la dupe aujourd'hui.

Le mariage fecret du marquis de *Malbonne*, engagea le préfident à rappeller
fon fils à *Dijon.* Revenu dans le fein de
fa patrie, il oublia bientôt la *Duclos.*
L'éloignement, ou pour mieux dire, la
vanité, ne produifit pas le même effet
fur le cœur de la comédienne ; elle fit
tous fes efforts pour ramener fon amant:
lettres, prieres, menaces, furent em-

ployées, comme on en jugera par cette lettre ; c'eſt la ſeule qu'on a trouvée dans le porte-feuille du marquis.

Fontainebleau mois d'octobre.

Je ſors du bureau du miniſtre de la guerre, où j'ai appris que vous veniez d'obtenir un guidon ; le petit comte de SEPPEVAL, *qui m'a donné la main pour traverſer la galerie, m'en a fait compliment. Je l'ai reçu plus en femme qu'en amante : puiſſiez-vous ne pas me démentir. Je vous aime, mon cher marquis ; & devez-vous en douter, ſi vous réfléchiſſez que je vous ai ſacrifié tout ce que la cour & Paris ont de ſéduiſant ; uni à moi par des nœuds ſolemnels, vous ne devez point balancer à revenir entre les bras d'une épouſe qui vous adore. Si vous étiez aſſez ingrat pour vous prêter aux idées de votre famille, je jure par vous-même, que livré à ma juſte fureur, j'emploierai tout pour vous perdre. Plus le perfide eſt cher, plus il doit craindre ; l'amour qui ſe change en fureur, ne ſe vange pas à demi ; penſez-y, marquis ; vous connoiſſez la tendreſſe de mon cœur, venez la partager, ou craignez que le fer ou le poiſon ne me délivrent d'un*

traître. *Quoi qu'il en coûte pour se venger*
de son amant, il est toujours doux de
punir un ingrat qu'on aime.

ROXANE,

Marquise de Malbonne.

Il y a apparence que le marquis fut
peu touché des prieres & des menaces
de la *Duclos*, puisque deux mois après
son retour à *Dijon*, il épousa la fille du
baron de *Verman*, de C***, & capitaine
de ses gardes en Bourgogne, seul fruit
de cet hymen. Le jour que je reçus le fit
perdre à ma mere ; & mon pere sensible à ce malheur ; ne survécut que de
quelques mois.

Je vous épargnerai l'ennui du détail
des premieres années de mon éducation ;
vous saurez seulement que des mains de
madame de *Verman* mon aïeule, je passai
dans un *cloître* où je fus élevée avec cette
fausse austérité, qui captive la jeunesse,
& ne l'instruit point. Jouet perpétuel des
caprices des religieuses, je me voyois
tour-à-tour l'objet de leurs tristes com-
plaisances, ou de leurs fades plaisanteries. Haïe sans humeur, estimée sans
plaisir,

plaisir, le couvent m'ennuyoit ; j'en cherchois la raison, & un mouvement secret que je ne pouvois démêler, me disoit confusément que le cloître n'étoit pas fait pour moi. Entre toutes les nones avec lesquelles l'habitude m'avoit liée, je distinguois sur-tout une jeune personne, dont l'esprit orné & poli prévenoit moins encore qu'un caractere doux & tranquille ; amie tendre, je m'attachai à la mere *Sophie* (c'est le nom de cette religieuse) & nous devinmes bientôt inséparables.

Persuadée de la sincérité de mes sentiments, *Sophie* épancha son cœur dans celui de son amie, & je payai sa confidence par l'aveu des mouvements tumultueux qui troubloient ma raison, & agitoient mon ame. Que je vous plains, me dit *Sophie* ; ou pour m'expliquer mieux, que j'envie votre fort ! Victime de la fureur d'un pere, de la perfidie d'un amant, & d'un crime plus funeste à mon repos, on m'a traînée dans ce cloître, où liée par des vœux sacrés, je n'ai d'autres soins que de tâcher d'asservir ma raison à mes devoirs. Quand vous apprendrez mes malheurs dans l'histoire de ma vie, que je vous raconterai en un

Tome II. L

temps plus favorable , vous verrez que
plus agitée & moins heureuse que vous ,
je suis forcée de dévorer ici mes chagrins , tandis que le monde va dissiper
les vôtres : *Sophie* m'apprit alors ce que
c'étoient que ces desirs secrets , qui sem-
bloient n'entrer dans mon ame que pour
y régner avec tyrannie. Je connus enfin
l'amour , & je parus le redouter peu.
Le tableau le mieux imité affecte toujours moins que l'original. La vue d'un
homme aimable remue bien plus que
les peintures enchanteresses dont nos
romans sont remplis. Emue quelquefois
au récit de *Sophie*, je semblois ne penser que pour elle : ou peut - être mon
cœur qui s'ignoroit , n'étoit agité que
des sentiments qui devoient le dominer
un jour. Je serois sans doute demeurée
plus long - temps dans cet état , si la
baronne de *Verman* , qui venoit de fer-
mer la paupiere au président de *Malbonne* , mon aïeul , ne fût venue me
tirer du couvent. *Sophie* seule emporta
mes regrets. Je promis à cette bonne
amie de venir partager souvent ses alar-
mes , & je n'oubliai pas de lui rappeller
qu'elle me devoit le récit des aventures
de sa vie. Le reste du monastere ne me

vit fortir qu'avec envie. La confolation
des malheureux eft d'avoir des femblables.

A peine eus-je fait les premiers pas
dans le monde , que la baronne de *Ver-*
man m'annonça que la gloire de mon
nom , & des intérêts de famille , exi-
geoient que je fongeaffe à me marier ;
on me prévint même qu'on ne vouloit
point gêner mes inclinations , & que
c'étoit dans le deffein de me laiffer la
maîtreffe de mon cœur, qu'il falloit que
j'époufaffe le comte de *Courmont*, que
je n'avois jamais vu.

Je favois bien que l'intérêt régloit la
plupart des mariages , mais je me figu-
rois qu'il n'y avoit que les filles des
princes qui duffent facrifier leurs goûts
à la politique , & je ne pouvois croire
qu'un fimple gentilhomme eut des raifons d'état qui l'obligeaffent à devenir le
tyran d'une jeune perfonne , dont il devoit être l'appui : réflexions vaines qui
ne tiennent point contre l'ufage.

Le comte de *Courmont* qui avoit peut-
être à Paris, où il étoit alors , les mêmes
fentiments que moi , étoit attendu de
jour en jour pour remplir les conventions de nos parents ; quoique je fuffe
préparée à ce mariage , je ne laiffai pas

de me livrer à un penchant que je combattois ; mais peut-on commander au cœur ? J'éprouvai bientôt que les efforts de la raison ne peuvent rien contre le fentiment.

Le chevalier de *Nalbour* uniffoit aux charmes de la figure, les agréments de l'efprit le plus aimable ; jeune, charmant, plein de qualités eftimables & modefte, le chevalier étoit un être extraordinaire que le ciel avoit créé pour m'enchaîner ; la fympathie d'où naiffent prefque tous les goûts, excita dans nos cœurs cette paffion tendre, qui eft moins l'effet du caprice, que d'un je ne fais quoi, qu'on ne peut définir ; pour tout dire, nous nous aimâmes dans le même inftant tous les deux, & nous nous apperçumes enfemble de l'impreffion réciproque que nous avions faite l'une fur l'autre ; l'amour eft clairvoyant avec les cœurs vertueux, fon bandeau ne fert qu'à couvrir les vices.

Le chevalier étoit fans biens, fon pere tué au fervice ne lui avoit laiffé que la gloire de fon nom, fardeau pefant, quand les richeffes n'aident point à le foutenir. Engagé d'ailleurs dans l'ordre de Malthe, il ne pouvoit le

quitter qu'en perdant l'espoir d'une com-
manderie qui étoit toute sa fortune ;
raison accablante, qui éloignoit l'espé-
rance que j'aurois pu concevoir d'être
unie avec *Nalbour.* Attaché sans cesse à
mes pas, le chevalier ne me quittoit
point, parent du baron de *Verman*, on
ne pouvoit, sans manquer à la bienféance, lui refuser le plaisir de faire sa
cour à une petite fille qu'on aimoit tendrement. Comme la douceur de mon
caractere faisoit penser que mon cœur,
se pliant aux loix de ma famille, ne
pourroit répondre aux sentiments qu'on
soupçonnoit que le chevalier auroit pour
moi, on me laissa avec lui une liberté
dont les suites ne sont que rarement
dangereuses pour les ames bien nées ;
le chevalier dans ces moments heureux
faisoit tous ses efforts pour m'engager
à refuser la main du comte de *Cour-*
mont. Aussi respectueux dans ses procédés, que sincere dans ses propos, il
savoit unir l'amour avec la sagesse ; talent estimable que la complaisance des
femmes a fait tomber en discrédit.

Vouloit-il m'éloigner de *Courmont ?*
il n'employoit point, ainsi que les hommes que j'ai vus depuis, ces discours

odieux dont l'indécence retombe prefque toujours fur ceux qui ont la baffeffe
de s'y abandonner. Jaloux, mais honnête homme, *Nalbour* favoit que la
probité ne permet point qu'on avilifie
un rival dans l'efprit de fa maîtreffe, en
lui prétant des vices qui lui font étrangers. Le fentiment peut tout fur le cœur
d'une femme eftimable ; la coquette
feule fe laiffe emporter par la méchanceté : facilité dangereufe, dont elle
devient la victime à fon tour !

Indépendamment du goût que le chevalier m'avoit infpiré dès le premier
moment, fon caractere généreux me le
rendit plus aimable encore ; la crainte
où il étoit, que je n'époufaffe un rival
dont il louoit le mérite & l'efprit, me
le rendoit plus cher ; & dans le portrait
flatteur que *Nalbour* me faifoit de *Courmont*, je ne voyois que le chevalier ; ce
n'étoit pas affez de l'aimer, je l'eftimois, & ma paffion n'en étoit que plus
vive. L'eftime ne rend l'amour légitime,
que pour en accroître les bornes.

Incertaine fur le parti que j'avois à
prendre, je balançois entre mon cœur
& mon devoir, mais affez raifonnable
pour penfer que ce dernier devoit l'em-

porter, je me contentai de jurer à *Nal-bour*, que je ne m'unirois au comte de *Courmont*, qu'après avoir exposé au baron de *Verman*, la répugnance que je me sentois pour un époux que je n'aimerois jamais. Le chevalier parut satisfait de ce parti, l'heure de l'assemblée arriva, & nous nous séparâmes pour nous rendre au cercle. Nous n'y fûmes pas plutôt, que le chevalier qui me donnoit la main, pâlit ; je m'apperçus même que ses genoux tremblants lui laissoient à peine la liberté de se soutenir. Emue de son état, je rougis, & ce symptome n'échappa pas aux femmes ; mais hélas ! quelque vive que fût cette agitation, elle n'étoit que l'avant-coureur d'un trouble bien plus violent. Je n'étois pas encore assise que la baronne de *Verman*, vint me présenter le comte de *Courmont* qui arrivoit de *Paris* ; je le reçus avec une politesse ménagée qu'on attribue à la décence, & qui est souvent l'effet de la froideur. Le comte, que je veux peindre ailleurs, étoit avantageux ; & il crut que mon indifférence n'étoit qu'une timidité, qui flatte toujours ceux qui l'inspirent. Le chevalier morne & pensif promenoit ses regards sombres sur *Courmont*

L 4

& fur moi ; mes yeux d'accord avec les fiens , fembloient répondre à leur langage , & partager fa douleur.

On propofa une partie de *Manille*, c'étoit alors le jeu à la mode , que les petites maîtreffes viennent de renouveller fous le nom de *comete* ; je la fis , & l'arrangement de la baronne de *Verman*, me mit en face du comte, qui, de la dignité qui ne lui réuffit point , paffa au plaifant qui ne prit pas plus. Il étala tout cet efprit de jargon qu'un provincial apporte myftérieufement de *Paris*, pour le répandre avec éclat dans le fein de fa petite ville ; mais cette affiche factueufe ne gagna rien : foit prévention , foit juftice , le comte n'eut ni la force de me perfuader , ni le loifir de m'amufer.

La partie finie , le chevalier uni depuis long-temps avec *Courmont*, le fuivit à la maifon , & ils y fouperent tous les deux ; c'étoit un de ces repas de famille , où l'ennui monté fur le ton de la bienféance gagne tous ceux qui en font , & répand même un froid domeftique fur les étrangers , qui n'y font admis que pour partager la confiance & la trifteffe.

Les préliminaires de notre union fairent réglés après le souper , le comte qui vouloit être amant avant de devenir époux , s'approcha de moi , & me débita tous ces propos de convention , qui ne font que des fadeurs dans la bouche de ceux qu'on n'aime point. Le chevalier faisoit pendant cette conversation un piquet avec le baron de *Verman.* Je laisse à penser si , fixé à son jeu , il voyoit d'un œil indifférent l'entretien de *Courmont* ; inquiet , agité , il se plaignoit contre la fortune avec le plus beau jeu du monde , & brusque sans raison , ceux qui igno- roient le secret de son cœur, imputoient à l'intérêt ce qui n'étoit que l'effet de l'amour le plus tendre. *Nalbour* fut con- traint de se retirer sans me dire un mot ; jugez de mes inquiétudes par celles qu'il dut ressentir. Je passai la nuit dans des réflexions singulieres , combattue inces- samment par l'amour & le respect ; je murmurois contre la tyrannie de mes parents ; mais que pouvoient mes plain- tes ? trop foible pour les rendre sensi- bles , elles ne servoient qu'à me faire voir mon malheur de plus près ! j'étois encore livrée à ces idées , quand *Bernon* (c'est ainsi qu'on appelloit ma femme de chambre) vint m'apporter un billet ;

L 5

je reconnus le caractere du chevalier ;
j'ouvris en tremblant, & je lus ces
mots, qui ne me remirent point de mon
émotion :

J'ai balancé long-temps, Mademoiselle,
sur le parti que j'avois à prendre ; à la
veille de l'événement le plus funeste pour
moi, la fuite alloit m'eloigner de vous,
mais j'ai réfléchi que je me vengerois mieux
de votre infidélité, en présentant sans cesse
à vos yeux, un homme que vous avez
aimé, & que vous aimeriez encore, si.....
pardon, ma chere Julie, je sens que ma
fureur m'égare, & je suis peut-être assez
malheureux pour t'offenser dans le temps
que je voudrois te plaire, adieu, aime
Courmont, & déteste un ingrat qui feroit
le malheur de tes jours ; quand tu liras
ce billet, je ne respirerai plus le même air
que toi ; mais en quelques climats que le
hasard conduise mes pas, je jure que je
n'aimerai que toi ; adieu encore une fois,
je t'adore assez pour te fuir.

Mille sentiments partagerent mon
ame à la lecture de ce billet. Irrésolue
sur la réponse que je devois y faire,
j'écrivis dix lettres différentes que je

déchirai auffi tôt ; & affez maîtreffe de moi-même, pour en impofer à mon cœur, j'allois fuivre mon devoir, fi *Bernon* ne m'eût preffée de répondre au chevalier, qu'elle me peignit prêt à quitter fa patrie pour toujours. Quelque défiance que j'euffe des femmes de l'efpece de *Bernon*, je me laiffai aller. Aimant le chevalier, pouvois-je, fans cruauté refuser un mot à un homme qui m'aimoit lui-même affez, pour chercher dans la fuite les moyens de me procurer une tranquillité que fa préfence m'auroit toujours enlevée ? Cette réflexion appuyée par les confeils de ma femme de chambre, & affermie par l'imprudence attachée à mon âge, m'arracha cette réponfe :

Y penfez-vous, chevalier, puis-je jamais vous haïr, connoiffez mon cœur avant de le juger, & foyez fûr que ne pouvant fe partager entre deux objets, il eft tout à vous ; Courmont n'eft pas flatté dans cette reponfe, mais c'eft mon cœur qui me l'a dictée ; & mon cœur eft fincere. Adieu. Reflechiffez fur vos devoirs & fur les miens, & penfez qu'il n'y a d'infidelité

L 6

réelle que celle que nous faisons de notre
propre mouvement.

Bernon court avec empreſſement porter ce billet au Chevalier qui le lut en
pleurant , & partit pour Malthe.

Ma femme de chambre , éplorée de
l'état dans lequel elle avoit trouvé *Nal-*
bour , revint les larmes aux yeux m'apprendre ſon départ , devoir auſtere ! c'eſt
alors qu'accablé ſous ton joug , j'oſois
t'accuſer de cruauté & d'injuſtice ! quoi
donc, me diſois-je , eſclave du caprice
de nos parents , ne pourrons nous ſans
crime nous livrer à un penchant fondé
ſur la raiſon & la vertu ?

Remarques inutiles ! la raiſon eſt
muette quand le devoir parle , tout lui
céde juſqu'à la vertu même.

J'étois encore abſorbé dans ces réflexions funeſtes , quand le Baron de
Verman entra dans mon cabinet ; il fit
ſortir *Bernon* , & après m'avoir tendrement embraſſée , il demanda ſi le chevalier de *Nalbour* m'avoit aimée; je rougis ; ne réponds point , ma chere fille ,
répondit le baron : je ſais tout, ton viſage
ſatisfait ma curioſité , & juſtifie ton

innocence : si tu étois coupable le chevalier ne seroit point parti ; on ne fuit
point une femme qui nous a rendu
heureux. J'avouai alors au baron l'amour
que j'avois pour *Nalbour* ; & heureux
de voir mon inclination asservie à l'obéis-
sance , il me quitta en m'annonçant que
notre mariage que le pere de *Courmont*
venoit d'avancer , étoit remis au lendemain matin. Le comte remplaça M. de
Verman ; sa conversation aussi singuliere
& plus insipide que celle de la veille ,
fut un enchaînement de plaisanteries sur
le départ dont , graces à la vanité de
Courmont, personne n'ignoroit le motif.

Le jour se passa dans ces arrangements tumultueux , qui ennuient ceux
mêmes qui s'y prêtent de bon gré. Je
me retirai dans mon appartement à l'entrée de la nuit ; *Bermont* sourit en me
voyant entrer ; sa gaieté me donna de
l'humeur ; la joie de ceux qui nous environnent augmente nos ennuis. Je con-
gédiai *Bernon* , & je cherchai la lettre
du chevalier que je relus avec cette
douce inquiétude qui ne me quittoit
point , quand je le rappelois à mon
imagination... *Je t'adore assez pour te
fuir.* Ah ! cruel chevalier, m'écriai je

en répétant les derniers mots de fon billet ! où donc êtes-vous ?... à vos genoux adorable Julie, dit *Nalbour*, en fe pécipitant à mes pieds. Moins furprife qu'offenfée d'un procédé auffi déplacé, je ne daignai pas même demander au chevalier par quel hafard je le trouvois dans mon appartement. Il tenta en vain d'obtenir fa grace : je brûlai fa lettre à la bougie qui étoit fur mon fécrétaire, & je lui défendis de me voir jamais. *Bernon* qui vint au bruit, s'avifa de vouloir excufer *Nalbour*, & fon congé fut le prix de fa témérité. Que la jeuneffe eft malheureufe quand on confie les foins de fa conduite & de fon éducation à ces ames baffes, qui, toujours corrompues par l'intérêt, nous précipitent dans le crime que leur état doit nous faire éviter !

Le chevalier fut à peine forti que je me couchai, mais ma fituation étoit trop critique pour que je puffe jouir du repos que j'attendois, & je fis en vain des efforts pour me rendre l'idée de *Courmont* familiere, & me faire *au moins* un devoir fupportable d'une trifte néceffité : je ne pus y parvenir, le jour me retrouva dans la perplexité

où il m'avoit laissée ; ce n'est pas que
le comte fût sans mérite ; vous jugerez
de ce qu'il valoit par le portrait que je
vais vous en faire. L'impartialité va tracer le tableau.

Le comte de *Courmont* joignoit à une
figure ordinaire , tout l'esprit d'un
homme du monde. On sait en quoi con-
siste cet esprit ; je ne le définirai pas ;
singulier d'ailleurs dans sa conduite , il
n'étoit ridicule & bizarre qu'avec les
gens de bons sens ; toujours raisonnable avec les étourdis ; il sembloit prendre le caractere opposé des personnes
avec lesquelles il se rencontroit ; généreux & sensible , il savoit reconnoître
& rendre un service ; tendre avec excès ,
il n'avoit que le point de jalousie que
la bienséance veut que l'on affecte , pour
n'être pas confondu au rang de ce qu'on
appelle dans la société , *de bonnes gens.*

Tel étoit *Courmont* avec lequel je
fus unie sous des auspices marqués par
la douleur. Mon mari ne put cependant
s'appercevoir de mon état ; & je fus
assez prudente pour lui cacher ma passion & mes dégoûts. Le comte étoit mon
époux , ce titre sacré m'attachoit à lui ;
si l'amour n'entroit pour rien dans cette

union, je n'en étois pas moins sa femme :
le devoir commande aux passions mais il
ne les éteint pas. Je pouvois encore
aimer le chevalier ; mais je ne devois
être attachée qu'au comte ; situation
équivoque que peu de femmes sur-
montent !

Quoique mon époux, comme je viens
de le remarquer ne fût pas un jaloux décidé, il eut dans le commencement de
notre mariage ces inquiétudes qu'on peut
permettre à un homme qui se défie
qu'un autre regne dans un cœur qui
doit être à lui ; mais elles ne vinrent
jamais qu'à moi, tranquilles l'un & l'autre, nous avions au moins l'air de nous
estimer.

La revue de la gendarmerie qui étoit
alors en *Champagne*, appela le comte
à *Vitry*, où sa brigade étoit en quartier ;
notre séparation fut tendre, la raison
& l'habitude avoient suppléé chez moi
aux sentiments de tendresse, & *Courmont* partit avec la bonne foi d'un mari
qui ne doit les regrêts qu'il laisse qu'à
l'amour le plus vif.

Le départ du comte ramena près de
moi la baronne de *Verman*, que l'humeur de *Courmont* avoit éloignée dès les

premiers jours de notre mariage, & reprenant fur fa petite fille l'autorité que le fang lui donnoit, elle voulut m'obliger à revenir dans fa maifon, fous prétexte que jeune & aimable, il n'étoit pas convenable que je demeuraffe feule. Madame de *Verman* pouvoit penfer jufte ; mais elle ne devoit pas être écoutée, parce que *Courmont*, à qui j'avois propofé ce parti, l'avoit rejeté, & les volontés de mon mari m'obligerent à ne pas fuivre celles de la baronne, quelque refpectables qu'elles fuffent pour moi.

Je ne fus pas plutôt libre, que *Bernon* qui vint fe jeter à mes genoux, obtint fa grace ; je la lui accordai avec d'autant moins de peine, que j'avois appris que le chevalier de *Nalbour* étoit réellement arrivé à Malthe, & que cette fille m'avoit extrêmement été attachée. Le mois de Juin annonça l'affemblée des états de Bourgogne, *le prince de* C***. les tint avec cette grandeur, & cette dignité héréditaire aux heros de fon nom. Le fexe le plus brillant de la province vint à Dijon pour profiter des fêtes. Entre toutes les femmes qui fixoient les yeux de la cour du prince, on diftingua madame la marquife de *Ferval* & moi. Paffez-moi ce trait ; plus fincere que vaine , vous me verrez me louer , ou condamner fuivant les cir-conftances.

Parmi les jeunes feigneurs qui com-pofent la cour du prince , j'avouerai que je diftinguai le duc d'*Amerville* ; fa figure n'en impofoit point , elle rebu-toit même au premier coup d'œil , pour peu qu'on ait de délicateffe ; mais la la nature , qui fait reparer fes torts , lui avoit donné un efprit vif & folidé , qui favoit plaire & perfuader tout à la fois ; fans prétentions d'ailleurs le duc difoit les chofes les plus jolies , fans avoir l'air de les dire ; indolent fur l'ex-preffion qui étoit toujours choifie , il fembloit ne la négliger que pour appuyer fur le fentiment ; & le peu de cas qu'il faifoit de ce qui paroît de lui , y ajou-toit un nouveau prix ; complaifant & in-génieux dans la fociété , il favoit don-ner à tout le monde l'efprit de fon état; habile à ramener la converfation qui vous plaifoit , il vous mettoit dans le cas de dire fouvent des chofes qu'il croyoit à l'inftant , & que vous penferiez de bonne foi avoir imaginées ; il donnoit des con-

feils aux gens d'efprit , avec le ton modefte d'un homme qui en exige d'eux ,
on fuivoit fes avis dans le temps même
qu'on croyoit fe donner pour modele ;
doux avec les fots, il jetoit fur eux un
vernis qui les rendoit fupportables , &
qui faifoit quelquefois penfer qu'on les
avoit condamné trop-tôt.

Je vous laiffe à croire fi un homme
auffi eftimable fut m'attacher ; liée d'a-
bord avec le duc par l'amitié qui regnoit
entre lui & mon mari , avec lequel il
avoit été à l'académie , j'aurois voulu
ne voir en lui qu'un ami fage , dont le
commerce tranquille eft préférable aux
plaifirs tumultueux que l'amour entraîne
avec lui , mais, le duc qui s'apperçut que
fon caractere heureux avoit fubjugué
mon efprit , crut que ces premieres impreffions portant bien-tôt fur mon cœur,
je pafferois de l'eftime à l'amour ; le
croira-t-on ? la réflexion de *d'Amerville*
ne fut point démentie, & je l'aimai ;
certain de ma façon de penfer, il tint dès
lors la conduite de tous les amants , je
veux dire qu'il voulut devenir heureux.
Mes devoirs que j'oppofois fans ceffe
aux empreffements du duc , ne tinrent
point contre fon penchant, & fi fa pro-

bité le força de convenir qu'ils étoient
refpectables, ce ne fut que pour les
anéantir. Lié comme je viens de le dire
avec mon mari, ils étoient en relation
depuis très long-temps, & *Courmont*
s'épanchoit avec plaifir dans le cœur
de *d'Amerville*; trifte confidence dont
le duc abufa! le comte épris à *Vitry*
d'une certaine madame *Niel*, vantoit à
fon ami les bontés que cette femme avoit
pour lui; *d'Amerville* crut la circonftance avantageufe; & il fe perfuada
que mon attachement à mon devoir finiroit auffi-tôt que je ferois convaincue
que mon mari manquoit au fien; je
fais que beaucoup de femmes trouvent
dans l'infidélité de leur mari un prétexte à la perfidie; mais revenues des
premieres fureurs du dépit, peuvent-
elles ignorer qu'elles ne font pas moins
coupables que fi leurs époux étoient
vertueux? La raifon peut fe faire illufion pendant quelques moments, mais
s'y arrêter, c'eft l'effet du crime.

Ces idées puifées dans mon cœur, ne
paroiffent au duc qu'une morale fade,
entée fur un préjugé ridicule, & il fit
tout au monde pour les détruire. Que
le cœur eft foible, quand le goût & le

mérite l'ont subjugué ! En vain je rap-
pellois mes premiers sentiments , presque éteints dans mon ame , je n'y trouvois que le triomphe du *duc*. Seule dans
mon appartement je confiai ma situation
à *Bernon* , qui , depuis l'aventure du
chevalier gardoit une sage circonspec-
tion. Cette fille que je ne consultois
que pour trouver des armes contre d'*A-
merville* , me déplut dans l'instant même
qu'elle prît mon parti contre lui : en
vain elle me peignit les désordres d'une
passion malheureuse , dont les suites
étoient d'autant plus terribles , que le
duc étoit un homme de cour , & on sait
que l'étiquette de ce pays-là , c'est de
se piquer d'indiscrétion ; je n'écoutai
rien , & la soupçonnant de s'intéresser
toujours à l'amour du chevalier que je
commençois à nommer sans émotion ,
j'allois la congédier pour la seconde
fois , si cette pauvre fille , docile à mes
desirs , n'eût chanté la palinodie , en
me représentant d'*Amerville* , comme le
seul amant qui pût rendre une foiblesse
excusable. *Bernon* louoit encore le duc ,
lorsqu'un de ses gens m'apporta un billet
qui acheva de me décider , comme on
va le voir par la réponse suivante.

Etes-vous content, mon cher petit duc,
vous triomphez, j'oublie tout pour ne pen-
ser qu'à vous ; venez ce soir recevoir les
gages heureux de l'amour le plus tendre.

Ma honte étoit écrite dans ce billet,
il ne s'agissoit pour achever de me rendre coupable, que d'y joindre le sceau
du plaisir ; moment funeste dont je com-
mençai à redouter l'approche ! l'avantage de la vertu, est de rentrer aisément
dans un cœur, où les remords la rappel-
lent toujours. Je sentis mon égarement,
au moment même que j'y tombai : mais
que faire ? le duc étoit aimable, mon
cœur étoit sensible, mon mari infidele ;
ç'en étoit trop pour m'arrêter encore.
Cependant, me disois-je, en réfléchis-
sant sur le rendez-vous que je venois
de donner ; de quel front oserai-je me
soustraire aux traits satiriques, dont le
monde accable les femmes qui ont se-
coué le joug du devoir & de la pudeur?
(remarquez en passant que je vivois
alors en province, que j'ignorois les
progrès de la corruption générale) le
mérite & la discrétion du duc venoient
détruire ces réflexions, & me persua-
dant qu'en ne lui cédant qu'une fois,

je pourrois réparer une faute unique par
une conduite mesurée. Je me livrois à
une illusion pernicieuse qui perd les trois
quarts des femmes..... J'en étois - là
quand d'*Amerville* entra ; le mystere &
le plaisir peints sur son visage , me cau-
soient de l'ennui. A peine se fut-il placé
près de moi , que j'exigeai qu'il me re-
mît le billet que je venois de lui écrire ,
il m'obéit. Je relus ce malheureux billet,
& le déchirant en versant des larmes ,
je m'emportai contre d'*Amerville.* Quoi ,
lui dis-je , avec cette vérité que la vertu
seule peut rendre , quoi vous auriez été
assez cruel pour profiter d'un instant de
foiblesse qui eût répandu l'amertume sur
le reste de ma vie ! ah ! que vous m'aimez peu , puisque vous êtes assez lâche
pour m'engager à violer des devoirs sacrés ! fuyez , d'*Amerville* , ou soyez assez
généreux pour prêter des armes contre
vous-même. Le duc interdit de ce discours , balança pendant quelques minu-
tes sur le parti qu'il avoit à prendre ; ses
yeux mouillés de ses larmes ; annonçoient un cœur vertueux , & sa conduite
le justifia. Qui , moi , s'écria-t-il , en
arrosant mes mains de ses pleurs , moi
vous trahir? ah ! si l'amour m'a prêté

des armes contre la vertu , elle-même
m'en fournit aujourd'hui pour triompher
de l'amour , & je ne veux les employer
qu'à réprimer des defirs impétueux auxquels ma probité va commander. Que
deux cœurs enivrés l'un de l'autre , fe
livrent aux accès de la volupté, j'y
confens ; mais qu'un amant foit affez
lâche pour trahir fon ami , en lui en-
levant le cœur d'une femme vertueufe
qui combat , c'eft une perfidie dont
votre fageffe vient de me fauver la
honte. Que l'amitié & l'eftime nous
uniffent feuls ; je renonce pour toujours
à l'amour.

Enchantée des fentiments généreux
du duc , je mêlai mes pleurs aux fiens ,
& à nous voir gémir enfemble , on
nous eût pris pour deux amants qui
pleuroient leurs malheurs , tandis que
nous n'exprimions que notre triomphe.

D'*Amerville* me vit , comme nous en
étions convenus jufqu'au départ du prince ; mais notre éloignement ne fépara
point nos cœurs ; & une correfpondance
utile & réglée nous unit jufqu'à la mort
du duc , que je pleure encore dans ma
folitude.

Immédiatement après les états , je
reçus

reçus une lettre du comte qui me mar-
quoit de me rendre à *Arnonval* où il
devoit me rejoindre inceffamment. Cette
terre appartenoit au tréforier des états
de Bourgogne, c'étoit un homme à qui
mon mari avoit des obligations effen-
tielles ; généreux, & aimant à obliger,
il favoit rendre un fervice avec la maniere aifée d'un homme de condition ;
voilà tout ce que j'avois appris en gros
du caractere de M. d'*Arnonval* ; je le
connus mieux quatre jours après.

Arrivée à la terre du tréforier, j'y
fus reçue avec cet air pefant qui ne tient
ni de la dignité, ni de la franchife ; on
me fit beaucoup de ces politeffes ouvertes qui, n'étant pas préparées, n'en
font que plus fenfibles ; & comme on
me promit des plaifirs & de la gaieté,
je me déterminai à m'ennuyer beaucoup, & je ne fus point trompée. *D'Ar-*
nonval étoit un homme fimple, qui
avoit plus de probité que d'efprit ; riche
fans fafte, il fe ruinoit en paffant pour
avare, facile dans le caractere, il étoit
fufceptible de toutes les impreffions
qu'on vouloit lui faire prendre ; une
anecdote de fa vie, que peu de perfonnes ont fu, juftifiera cette obfervation.

Tome II.   M

D'*Arnonval* étoit à *Paris*, un avanturier qui voulut le plaifanter, lui dit
qu'il étoit commandant des troupes du
roi de Maroc, & qu'il étoit envoyé en
France par le peuple de ce royaume,
pour chercher un homme qui fût affez
riche pour détrôner le roi, & monter
fur fon trône. D'*Arnonval* demanda fi
cinq cent mille livres fuffifoient à cette
expédition, l'avanturier lui garantit le
trône de Maroc à ce prix, & reçut des
avances. Un neveu de d'*Arnonval* inftruit de la foibleffe du tréforier, fit
arrêter le prétendu général, que le
prévôt de *Paris* envoya aux galeres :
*Voyez la gazette de Cologne N°. 116,
année* 1688.

Plus d'*Arnonval* avoit été trompé,
plus il s'étudioit à trouver d'honnêtes
gens ; foins pénibles, dont fa facilité
groffiere étoit toujours la victime. Sa
maifon reffembloit à toutes celles des
gens de fon efpece ; beaucoup de ces
oififs qui ne deviennent bonne compagnie que quand ils font malheureux,
quelques prudes qui, fous le prétexte de
prendre l'air, cachent au public des
arrangements qui ne font connus que
d'eux feuls : Muficiens & des *beaux*

esprits , forte de personnages bons à
connoître, au moins à la campagne ;
telle étoit la société que nous avions à
Arnonval. Il y avoit déjà trois jours qui
j'y étois , & personne ne s'étoit d'autant
plus piqué de cette indifférence , que je
ne comptois de plaisir réel à *Arnonval*,
que celui que je goûterois à m'amuser
des originaux qui y étoient rassemblés.
Le jeu , la promenade , & les propos
tristement facétieux du trésorier, avoient
fait jusques-là mon unique agrément ; le
poëte composoit de mauvais vers que le
musicien chauffoit sur de la vieille mu-
sique , les agréables ricanoient , tandis
que d'*Arnonval* criant *bravo* , faisoit fuir
les prudes qui étoient toujours précédées
ou suivies de quelques-uns. Ce tableau
étoit bon une fois , mais répété tous les
jours il devenoit insipide à ceux qui n'y
entroient pour rien. Impatiente de voir
arriver le comte , je reçus une seconde
lettre , qui différoit cet instant de quinze
jours ; excédée d'un délai aussi long , je
pris le parti de me divertir de la suffi-
sance du poëte , & du ridicule du musicien. Mais croira - t - on que des gens
qu'on n'admet dans les maisons que pour
y divertir une compagnie , se donnent

M 2

pour société, & veulent être tendres en
dépit du préjugé de leur état ? Rien
n'est si vrai, Madame, ces petits Mes-
fieurs oferent m'aimer, & vous allez
voir de quelle maniere je répondis à
leurs feux.

Monfieur *Epernel* étoit un bel efprit
clandeftin, qui étoit prôné dans les
maifons des hommes d'affaires, où il
récitoit beaucoup de ces petits vers
Anodins qui n'ont que le mérite d'un
débit impofteur ; aufli, obferverez-vous
que ces auteurs fecrets, jaloux de conferver leur réputation, n'ont jamais rien
fait imprimer ; vanité fage, que les fots
taxent de modeftie.

Le muficien avoit les vices de fon
état fans en avoir les talents ; *Hernoud*
(c'eft fon nom) jouoit l'homme à bonnes fortunes, quelques femmes qui s'é-
toient aviliés en le prenant, lui avoient
prefque confervé l'air de fe croire du
mérite ; fot & préfomptueux, il n'avoit
que l'art de chanter, quand il étoit
ivre ; & il ennuyoit d'autant plus qu'il
chantoit fouvent. Tels font les deux
champions qui difputoient mon cœur.
Epernel qui étoit moins mauffade dans
les ridicules, que le muficien, fit le

miftérieux ; ce début me plut , & je me réjouis en y répondant ; *Bernon* étoit dans cette confidence , & vous allez voir qu'elle n'y fut pas inutile. Le poëte qui crut avoir fait impreffion fur moi , hafarda une déclaration ; comme elle étoit en vers , je n'y répondis point ; *Epernel* qui s'oublioit , ofa me reprocher mon filence : cette témérité que je voulois punir dans un autre temps , ne fut point prife en mauvaife part , & je feignis une tendre colere , en attribuant l'aveu du poëte , à un jeu d'efprit , dont je ne voulois pas être la dupe.

Epernel prit le change , comme je l'avois defiré , & le lendemain il m'écrivit une grande lettre pour juftifier fon amour ; le ftyle en étoit vil & l'expreffion finguliere , je voulus que *Bernon* y répondît dans le même goût. Ma femme de chambre qui avoit plus d'efprit que ces petits poëtes journaliers , fut contrainte de defcendre dans le bas , pour fe mettre à l'uniffon d'*Epernel*. *Hernoud* vint traverfer la paffion naiffante du poëte : jugez de ma joie , quand je vis ces deux originaux au point où je voulois les amener. Coquette fans remords avec ces *efpeces-là* , j'aimois à me faire amu-

fement des fupplices qu'ils effuyoient.
Le muficien plus affuré que le poëte,
quoiqu'il valût moins, m'affommoit de
cantates & *d'ariettes*; *Armide*, *Omphale*,
Cleopatre, *Euridice* & *Galatee*; je réunif-
fois en moi les vertus & les agréments
de ces princeffes, & le petit bon homme avoit l'attention modefte de fe comparer aux amants qui les intéreffoient.
Plus ridicule qu'*Epernel*, parce qu'il
connoiffoit mieux le monde, il voulut
fe monter fur le ton des hautes galante-
ries; & pour commencer avec fuccès,
il fit une confidence à ma femme de
chambre, qui lui fit efpérer que fes
vœux ne feroient point rejetés. *Hernoud*
enchanté de cette prévenance, promit
un vaudeville à *Bernon*; le poëte lui
avoit précédemment fait efpérer des
vers. Voilà des fonds qui paroiffent peu
folides, & qui cependant font vivre
dans une forte d'aifance ceux qui les
produifent. Ma femme de chambre qui
s'étoit engagé pour moi, acheva de
porter la joie dans le cœur du muficien, en lui écrivant un billet fort tendre. La fcene étoit bien préparée, je
n'attendois que l'arrivée de mon époux
pour la dénouer, quand d'*Arnonval* vint

me trouver avec l'air brufque d'un hom=
me lourd qui donne des confeils. Vous
être perdue , Madame , me dit le tréforier , & je fuis fâché de l'aventure pour
votre mari que j'ai l'*honneur* d'eftimer :
quoi donc , lui répondis-je , avec un
étonnement affecté ; que m'eft-il arrivé ?
les Autrichiens font-ils enfin parvenus à
faire une irruption en Bourgogne , & nos
terres font-elles ravagées ? Pis que tout
cela , reprit d'*Arnonval* ; il s'agit de
l'honneur , & les d'*Arnonval* n'ont jamais plaifanté là-deffus. *Epernel* & *Hernourd* , deux hommes d'efprit qui ne
valent pas grand'chofe , & que je ne
tiens chez moi , que parce que l'ufage
a voulu qu'on ait de ces gens-là , comme
on a des porcelaines & des magots de la
Chine ; eh bien , repartis-je , qu'ont de
commun ces Meffieurs avec les difgraces
que vous m'annoncez ? Vous les aimez ,
Madame , répondit le tréforier , & cela
n'eft pas plaifant. Quelles preuves ? . . . .
vos lettres , reprit brufquement d'*Arnonval* en m'interrompant, les indifcrets
les lûrent hier à tous ceux qui étoient
fur la terraffe ; je les blâme , mais je ne
vous eftime pas de les aimer tous les
deux. Je fuis affez expérimenté pour

favoir qu'il faut qu'une femme ait une foibleffe ; mais aimer deux hommes à la fois . . . . j'eftimois feu Madame d'*Arnonval*, elle étoit fage & vertueufe, & je manquai un jour de me brouiller avec elle, parce qu'elle s'avifa de donner un rendez-vous *innocent* à un gentilhomme de la province, tandis qu'elle avoit le marquis de *Gelmaure*; vous voyez que je fuis rigide ; oh j'aime la décence ! Votre conduite, repartis-je, ne m'en laiffe aucun doute ; & c'eft pour me juftifier dans l'efprit d'un époux fi auftere, que je veux bien vous prévenir que ces lettres font un jeu de ma femme de chambre, à qui j'ai permis cette fupercherie, pour éprouver le caractere de ces petits Meffieurs, & m'en réjouir à leurs dépens. Fort bien, dit d'*Arnonval*, qui revenoit toujours aux derniers fentiments qu'on lui propofoit ; cette idée eft d'or, & je veux qu'avant la fin de la journée, nous la mettions à profit; j'imagine par exemple . . . . . mais non, Madame, imaginez vous-même, je fuis vif, & je pourrois bien, pour prélude de la fcene renvoyer ces gens-là ; cela ne me fatisferoit point ; repris-je, le comte doit arriver ce foir ou demain matin,

payons fon retour de cette fcene. Soit ,
je penfe comme vous , répondit d'*Arnonval* , parce que vous penfez bien.
Nous en étions là , lorfqu'on entendit
dans la cour le bruit d'une chaife, c'étoit
le comte ? notre entrevue fut tendre , &
on eût juré à nous voir que *Courmont*
n'avoit pas vu Madame *Niel* , & que je
n'avois jamais aimé que lui. Les pauvres
enfants , s'écria bourgeoifement le tréforier , en fe jetant à notre cou , c'eft
ma foi le tableau de l'amour conjugal.

Après les premieres careffes , nous
n'eûmes rien de plus preffé que de mettre mon mari au fait de l'aventure , il
connoiffoit précifément les deux originaux que nous voulions corriger ; & il
fut réfolu de leur donner pour le même
foir un rendez vous dans mon appartement , où *Courmont* accablé de fatigues ,
feroit fuppofé ne point coucher. L'objet
étoit encore de les ménager fi bien , &
avec tant d'adreffe tous les deux , que
l'un tout rempli de fon prétendu bonheur , ne pût s'occuper de celui de fon
rival , qu'on lui peignoit comme un
homme méprifable , c'étoit la feule juftice que je leur rendis en plaifantant.

Les rendez-vous furent donnés ; la

honte que je reffentois de me compromettre avec de pareis perfonnages , me
fit rougir , & les fots eûrent la vanité
d'affermir leur triomphe fur cette pudeur ; mais leur efpoir frivole s'évanouit
avec le jour. Le comte , pour écaiter
toutes les défiances qui auroient pu entrer dans l'efprit des hommes à talents ,
quitta la table avant qu'on fervît le fruit ,
fous le prétexte préparé de fe repofer.
A ce départ je vis briller la joie dans les
yeux des deux champions que j'obfer-
vois avec le manége de la coquette la
mieux concertée. *Hcrnoud* qui vouloit fe
rendre utile, chanta un vieux air qui avoit
quelque rapport avec la bonne fortune
dont il fe flattoit ; le poëte qui fe croyoit
le feul heureux , feignit de fe rendre à
des empreffements qu'on n'avoit pas ,
& récita des vers dont on ne fe foucioit
point ; auffi fat que fon rival , c'étoit
Damon qui fe préparoit à mourir entre
les bras de *Cèlimene* ; lieux communs
qui , femblables aux harangues des voya-
geurs , fervent par-tout.

On ne fut pas plutôt forti de table ,
que me retirant avec myftere , je paffai
dans mon cabinet de nuit , où j'attendois le muficien , qui avoit reçu avant

le souper un billet de la main de *Ber-non*, dont voici la teneur.

L'impossibilité où je serai de vous faire entrer par la porte de mon appartement, me met dans le cas de vous prévenir, qu'en vous rendant à minuit & demi dans la petite cour du jardin, je vous ferai monter par une voie sûre jusqu'à moi. Adieu, je suis heureuse, si votre impatience égale la mienne; gardez-vous sur-tout du poëte.

Epernel avoit reçu avec le même mys-tere, un semblable billet au rendez-vous près, qui étoit différé d'une demi-heure. L'instant tant attendu arriva, le comte qui avoit pris les habits de *Ber-non*, étoit dans une chambre au-dessus de moi, & affectant de montrer sa robe à la faveur d'un flambeau, il descendit dans la cour, où *Hernoud* étoit, un large panier d'osier, dans lequel on dit au musicien d'entrer: il étoit sans résis-tance; & porté en l'air par le moyen d'une poulie attachée au-dessus de la chambre où Courmont l'attendoit, il le fit entrer dans ce même apparte-ment, le pauvre *Hernourd* interdit à la vue du comte déguisé en femme, ne favoit pas encore la difgrace qu'on lui préparoit ; plaifant , comme le font tous les gens à talents , il tenta de s'échapper par un jeu , mais fon adreffe ne lui réuffit point , & mon mari qui le faifoit obferver par deux laquais , lui annonça qu'il lui feroit brûler la cervelle , s'il s'avifoit de fortir de fon panier. Cette menace auroit fait trembler un homme courageux , jugez de la frayeur que le muficien dut reffentir.

La demi-heure étoit écoulée , & le comte impatient de voir le couple rival réuni , fe préfenta à la fenêtre. *Epernel* qui reconnut fans doute les ajuftements de *Bernon* , demanda fi on avoit une échelle de corde à lui faire paffer ; & on ne lui répondit qu'en defcendant d'une autre poulie qui joignit la premiere , un fecond panier d'ofier où le poëte impatient entra avec myftere. *Courmont* qui le montoit , noua la corde & le panier élevé à trente pieds de la terre , préfenta *Epernel* aux curieux ; furpris d'une aventure à laquelle il s'attendoit peu , fon étonnement redoubla , quand il vit un autre panier qu'on defcendoit au niveau du fien ; frappé de la voix d'*Hernoud* qui crioit qu'on l'épar-

gnât, il ofe lui demander par qu'elle
aventure il fe trouvoit-là, la converfation s'engage infenfiblement entre ces
deux hommes qui furent en proie aux
agaceries de nos gens, en attendant le
jour qui devoit nous venger de leur
audace.

Nous nous couchâmes, le comte devint tendre, mais il n'avoit pas cette
délicateffe qui devroit être l'ame de la
volupté; je n'étois point jaloufe, puifque je n'aimois pas, mais j'avois affez
de vanité pour exiger de la fidélité. Madame *Niel* me revint dans l'efprit, j'en
parlai au comte, qui devina d'abord que
d'*Amerville* avoit été indifcret, & voulant calmer des inquiétudes qui le flattoient, il me dit que Madame *Niel* étoit
une de ces femmes de garnifon, qui ap-
partenant à l'état militaire, font en
droit d'exiger des vifites qu'elles prennent pour des égards; & que confondant
le plaifir avec le fentiment, il eft d'ufage
de leur permettre pour un quartier d'hiver, de s'égarer fur leurs prétentions.
C'eft une loi écrite, continua le comte
d'un ton férieux qui me furprit, & nous
manquerions à la probité, en ne nous
y foumettant pas. Quoi, lui dis-je,

indignée d'un propos fi révoltant, vous prétendez que l'honneur vous force à déshonorer une femme. ... Eft-ce qu'on déshonore encore, reprit *Courmont* d'un ton fait? fi quelqu'un avoit à fe plaindre de ce côté-là, ce feroit nous; ce font les femmes qui nous perdent par leur indifcrétion & le peu de ménagements qu'elles gardent avec les hommes. A-t-on rendu une femme heureufe? à *Paris* au moins, elle ne jouit de fon triomphe, qu'autant qu'elle le rend public; il faut qu'un homme qui n'a que des bontés, ou de la complaifance, joue l'amou- reux, & que, promenant madame & fon ennui par-tout, il aille avec elle de chez l'*empereur* à l'*opéra*, du *fpectacle* au *cours*; & livré par-tout aux agaceries d'une femme aimable, fi vous voulez, il ait le défagrément d'entendre dire à fes oreilles, *M. le comte eft amoureux?* jugez, madame, combien ce *perfifflage* eft *attérant.* J'ignore, repartis-je, la force de ces grands mots, mais je fais que tout ce que vous prétendez qui forme votre honte, doit contribuer à vous faire honneur, fuppofé cependant que l'homme le plus préfomptueux puiffe tirer vanité de l'aviliffement auquel il

réduit une femme....... Madame la
comtesse, répondit *Courmont*, ne connoît pas encore le grand monde ? elle
mettra, repris-je, au nombre de ses
plaisirs, celui de l'ignorer toujours, s'il
ressemble à l'esquisse que vous venez
d'en donner. Oh, je l'ai peint en beau,
repartit le comte : fort bien, continuai-
je ; quelle idée flatteuse pourrois-je en
concevoir, quand vous me peignez des
hommes qui, sans obéir au devoir,
vivent avec des femmes qu'ils n'aiment
point ? car après ce que vous venez de
me dire de votre beauté de *Vitri*, je ne
saurois me persuader qu'elle vous ait été
chere ; rien moins que cela, reprit *Courmont*, & apprenez d'abord que, quand
même l'amour ne seroit pas banni du
commerce de la vie ; il ne résideroit
jamais dans des villes de garnison ; les
femmes n'y étant à nous que par convention, ne peuvent y prendre ce goût
délicat qui n'est autre que l'amour. Nous
remplacions à *Vitri* le régiment du roi,
c'est le seul de l'infanterie avec lequel
nous vivons ordinairement ; le capitaine
le plus intriguant de ce régiment, nous
donna la liste des femmes *du corps* ;
c'est ainsi qu'on appelle celles qu'on a

eues pendant le quartier d'hiver ; défi-
gnées toutes avec les épithétes qui mar-
quent leur figure & leur caractere, Madame *Niel* me plut, le commandant de
ma brigade avoit aussi jeté les yeux sur
elle ; mais comme il n'y a point de
préséance en amour chez nous, nous
suivîmes l'usage ancien, & Madame *Niel*
savoit qu'elle m'appartenoit avant que je
l'eusse vue , il en est de même de toutes
les femmes , & de tous les régiments . . .
je vous avouerai , Madame, que je frémis à ce récit horrible , & je fus vingt
fois tenté de croire cette vile partie du
sexe plus méprisable que les hommes qui
la gagnoient au sort. Puissent les femmes qui liront cet endroit de mes mémoires , revenir des écarts qu'elles ne se
pardonnent que parce qu'elles les croient
cachés.

Je ne vous parlerai ni de mon sommeil , ni des autres réflexions qui le
précédoient, je vous dirai seulement qu'à
huit heures du matin *Courmont* fit éveil-
ler tout le château, & les environs ;
d'*Arnonval* qui étoit prévenu, amena
son monde dans la cour , où l'on voyoit
les deux hommes à talents, modeste-
ment tapis dans leurs loges à bonnes

fortunes, expofés aux plaifanteries les plus cruelles ; ils eurent la baffeffe de demander grace, mais on ne répondit à leurs cris que par des méchancetés. Deux laquais qui avoient de la mémoire, montoient dans l'appartement qui faifoit face aux paniers, & là ils recitoient alternativement les vers & la chanfon qu'*Epernel* & le muficien avoient donnés la veille, comme l'avant-coureur de leur aventure ; le comte qui vouloit rendre la fcene complette, nous fit remplacer dans la cour par des païfans qui, moins délicats & auffi méchants que nous, tourmentoient violemment les deux amoureux. Pendant ces nouvelles perfécutions, on tint confeil au château, & d'*Arnonval* qui penfoit toujours d'après les autres, fut d'avis qu'à l'entrée de la nuit on les renvoyât à *Dijon* où ils feroient affez punis fi cette aventure qu'on fe préparoit à y divulguer, les éloignoit des maifons, où la mode, plus encore que la commifération, leur avoit ouvert un afyle. Puiffent à l'avenir être traités ainfi tous amants téméraires, tout homme à talent qui ofe fortir de fon état !

Nous paffâmes le refte de la belle

faifon à la terre du tréforier ; ma grof-
feffe dans laquelle j'avançois heureufement, me contraignit de retourner à
la ville au commencement du mois de
feptembre ; j'accouchai fur la fin d'octobre d'un fils qui fut tué à la bataille de
Fontenoi, journée heureufe, qui, en
nous faifant trembler pour l'augufte monarque qui nous gouverne, nous fit voir
un vainqueur, pere de fes ennemis,
comme il l'eft de fes fujets. Cet enfant
eft le feul que le ciel m'ait accordé, fes
vertus, fon mérite & fa valeur ont mé-
rité mes regrets ; plus fenfibles encore
font les meres qui dans la perte d'un fils
pleurent un ami, c'eft à ce dernier
trait que j'ai regreté le marquis de *Cour-*
mont.

Je fus à peine rétablie de mes cou-
ches, que le comte ennuyé du féjour de
Dijon, prit la réfolution d'aller de-
meurer à *Paris*. Je ne cacherai point
que je frémis, quand il m'apprit cette
nouvelle ; l'idée que l'on m'avoit donnée de cette ville, alarmoit ma raifon, & je ne pouvois pas m'imaginer
qu'on pût vivre heureux dans un pays,
où l'effronterie, marchant avec un front
d'airain, en impofe à la vertu modefte,

où le libertinage remplaçant le plaisir délicat, confond tous les hommes. Je témoignai mes craintes à mon mari, mais en homme aguerri, il traita mes défiances d'*enfantises* ; & me dit, en jouant la fausse raison, que le seul parti qu'une femme prudente pouvoit prendre, étoit de suivre les mœurs des climats qu'elle habitoit, raisonnable en *Bourgogne*, ajouta - t - il en finissant, vous serez étourdie à *Paris*, vous serez bien par-tout ; conseils dangereux qui ne laissoient dans mon cœur que l'horreur de les avoir entendus.

Nous quittâmes *Dijon* au commencement de l'hiver ; c'est la saison où *Paris* plus varié dans ses plaisirs, offre des amusements de tout espece. Le comte loua un hôtel garni dans la rue de Tournon, au - dessous de celui qui sert aux ambassadeurs extraordinaires (1).

___

(1) Cette erreur est pardonnable à la comtesse de Courmont, qui, n'ayant pas vu Paris depuis quinze ans, peut ignorer que l'hôtel des ambassadeurs extraordinaires, est actuellement à la rue neuve des petits champs. Cette remarque n'est placée ici que pour assurer les esprits foibles, qui trouvant une erreur dans un ouvrage, révoquent tout ouvrage en doute.

Courmont, qui avoit été fort répandu dans Paris, me préfenta dans toutes les maifons où fa naiffance & l'amitié lui avoit donné accès. Mon mari ne me vit pas plutôt attachée à une fociété qu'il la quitta ; je ne murmurai pas contre lui , mais je déclamai fecrétement contre l'ufage qui autorifoit cette conduite. La maifon où je me plaifois le plus , étoit celle de la préfidente d'*Obri-court* ; cette dame joignoit dans un âge tendre , un efprit mûr à des connoiffances variées , qui la rendoient eftimable ; modefte , quoique belle , elle n'avoit rien d'affecté dans fes propos , ni dans fon maintien , & quand elle ne fe trouvoit pas bien , c'eft que réellement elle ne croyoit pas l'être ; le tableau du mari étoit exactement le contrafte de celui-ci. Le *préfident* avoit à quarante ans l'étourderie minaudiere d'un fat qui débute à la cour ; ennemi de fon métier, il laiffoit à un fécrétaire le foin de faire fes extraits , & toujous de l'avis de ceux qui opinoient avant lui , il penfoit bien ou mal , fuivant les connoiffances de ceux qui le précédoient dans la gazette du jour , il favoit mieux que perfonne fi *Cidalife* avoit

quitté le petit marquis, ou fi le com-
mandeur avoit repris *Euphémie* ; merveilleux pour les ajuftements, il n'y
avoit pas de *Caillete* dans le royaume,
qui fût affortir une parure avec plus de
goût. *La Mafter & la Gillon* n'ef-
fayoient une mode nouvelle que d'après
lui ; ces deux femmes étoient les *Bou-
trai* & les *Duchaps* de leur fiecle. On
prétend que c'eft d'*Obricourt* qui re-
trancha les galons qui bordoient les jup-
pons des femmes, & qui leur faifoient
un tort infini, comme celles qui vivoient
de mon temps, ont pu l'éprouver.

Mon entrée chez le *préfident* dérangea
l'harmonie qui regnoit dans fa maifon ;
quoique je n'euffe pas de part à ce trouble, il ne laiffa pas que de m'inquiéter :
d'*Obricourt*, amant heureux de madame
Quetel me la facrifia, & le chevalier
de *Pervaux*, qui devint le rival du *pré-
fidint*, abandonna madame d'*Obricourt*
qui avoit la foibleffe de l'idolatrer.
Comme madame *Quetel & Pervaux*,
ont été les principales caufes des malheurs dont la moitié de ma vie a été
remplie, il eft important que je montre
ici ces deux perfonnages, tels qu'ils
étoient.

Madame *Quetel* étoit une femme fauſſe, qui, ſe piquant de n'avoir aucun préjugé, affeƈtoit ſur tous les objets une indifférence qu'elle portoit juſqu'à s'eſtimer peu elle-même. Ce point eſt le ſeul ſur lequel elle auroit penſé juſte, ſi elle avoit été ſincere. Outrée dès qu'on humilioit ſon amour-propre, elle mettoit tout en œuvre pour perdre ceux qui ne l'aimoient plus ; méchante avec méthode, ſon expérience dans le genre des noirceurs, avoit ſuppléé à l'eſprit que les femmes adroites font preſque toujours entrer dans leurs tracaſſeries ; montée d'ailleurs ſur un ton fade & imité, elle n'avoit ni l'adreſſe de ſe cacher, ni le talent de vouloir être quelque choſe. Un homme d'eſprit ſe maſque long-temps ; mais le ridicule perce bientôt chez les ſots. Du caractere, paſſons à la figure.

Madame *Quetel* étoit d'une taille énorme qui la rendoit d'autant plus inſupportable, qu'elle jouoit l'*enfant*, des yeux plus hardis que vifs annonçoient un caraƈtere dur, & ne prévenoient point pour ſes mœurs : joignez à ces premiers traits une grande bouche, des dents cendrés, & deux joues épaiſſes qui marquoient un embonpoint bourgeois. Voici le chevalier, pourquoi faut-il que la présidente, une des femmes les plus respectables de son siecle, ait eu la foiblesse d'aimer un monstre ; jugez si j'exagere.

Pervaux étoit un homme dont le courage étoit aussi suspecte que la naissance ; brave, tous les fanfarons le font ; il effrayoit par le nombre des gens qu'il avoit tués : gentilhomme du premier ordre, il parloit beaucoup des croisades & de ses ayeux qui ne les avoient jamais vues ; faux & modeste avec les femmes qui n'étoient point affichées, il avoit l'art dangereux de les subjuguer ; car *Pervaux* convenoit de bonne foi, qu'il n'avoit jamais eu d'autre patrimoine ; audacieux avec les *Caillettes*, il obtenoit, par des menaces, ce que le sentiment ne donne qu'à la délicatesse ; méchant quand il échouoit ; indiscret dans le triomphe, la vertu & le libertinage étoient également l'objet de ses noirceurs ; habitué à profiter de la foiblesse des femmes, pour les sacrifier à leurs maris, il s'étoit fait un jeu du crime le plus affreux ; sa réputation enfin, dans le monde où il étoit connu,

étoit telle , que les femmes qu'il ref-
pectoit étoient perdues ; & on ne re-
connoiffoit le mérite & la vertu qu'aux
traits odieux dont il les chargeoit.

Vous devez jufqu'ici m'avoir affez
connue , pour penfer que l'homme que
je viens de peindre , ne me caufa d'autres impreffions que celles qui naiffent
plus encore de l'horreur que du mépris :
auffi outré de mes dédains que madame
Quetel étoit piquée de l'inconftance du
préfident , ce couple , fi digne d'être af-
forti , s'unit pour me perdre , & le malheur voulut qu'il y réuffit ; fituation funefte à mon repos , puifqu'elle me força
de haïr mon mari ! fatiguée d'*Obricourt* & de *Pervaux* , j'avois réfolu de
ne plus revenir chez la *préfidente* , mais
fon caractere de douceur , joint à la
crainte de me répandre dans une fociété nouvelle , me retint auprès d'elle :
le chevalier , qui l'avoit quittée brufquement , n'avoit plus pour elle les
égards qu'on doit au ménagement ,
plus encore qu'à la politeffe , & madame d'*Obricourt* en paroiffoit révoltée.
Mais différentes de ces femmes qui
croient que le plaifir de punir un perfide , n'eft rien fi on n'a pas une rivale
à

à humilier avec lui, elle tâchoit de s'é-
tourdir fur fes chagrins, fans compromettre même celui qui les lui caufoit.
Madame *Quetel* abandonnée du *préfident*
qu'elle s'étoit donné, parcequ'il lui falloit quelqu'un, & que *Dobricourt* faifoit
depuis affez long-temps des honneurs
dont perfonne n'auroit voulu fe charger;
cette femme qui pardonnoit tout, ôtez
le mépris de fes charmes, traita dure-
ment le préfident, & celui-ci infenfible
aux propos de fon amante, jouoit le
fentiment en feignant de n'être occupé
que de moi. Cette fituation qui n'avoit
par échappé à la préfidente, exigeoit
une confidence, & je la lui fis. Moment
critique, que j'appréhendois d'autant
plus que je le connoiffois peu. La raifon
& l'amitié triomphoient de mon embarras. Je m'ouvris enfin à madame
d'Obricourt, qui reçut cet empêche-
ment avec tout le plaifir que la tendreffe infpire. Je vous eftime trop, comteffe, me dit-elle, pour vous cacher
que j'ai aimé éperduement le chevalier,
peut-être même eft-il cher encore à
mon cœur; fous le mafque de la difcrétion & de la probité, le traître a abufé
d'une femme foible, que fa figure avoit

déjà féduite ; toute à l'amour , je n'ai
vu que l'amant , & ma raifon s'eſt égarée
fur l'homme : vous m'ouvrez les yeux
aujourd'hui , & je commence à profiter
de la fageſſe de vos conſeils , en vous
promettant de ne plus voir le chevalier.
c'eſt le ſervir , lui repliquai je , il vous
croira jalouſe , & ſon amour - propre
triomphera. Que m'importe , reprit la
préſidente, qu'il trouve dans ce qui doit
l'humilier , des reſſources pour ſa vanité ? j'y conſens , mais qu'il ne me
voie plus. Je ne me fais point illuſion
fur la foibleſſe de mon cœur : ſi je re-
voyois *Pervaux* , je pourrois peut-être
me rappeller que je l'ai aimé, & j'aurois
trop à rougir de ce ſouvenir : pour madame *Quetel* , continua la préſidente ,
je l'avois cru juſqu'ici trop bête pour
être méchante , vous m'éclairez fur ſon
caraĉere , & dès ce ſoir ma porte lui
ſera fermée : ſeule avec une amie tendre , je trouverai dans un cœur vrai des
conſolations que le grand monde n'offre jamais. Senſible aux éloges que madame d'*Obricourt* me prodiguoit , je lui
propoſai de la mener chez la marquiſe
de *Riancé* , c'étoit une femme que le
duc d'*Amerville* m'avoit fait connoître ,

& où j'avois trouvé une compagnie affez
bonne : la préfidente accepta ma propofition avec d'autant plus de plaifir ,
que , fans manquer ouvertement à des
gens qu'elle craignoit, elle goutoit l'a-
vantage de s'en débarraffer : le préfident
qui n'étoit pas dans notre fecret , ne
nous fuivit point , & je me vis heureufement délivrée de deux importuns ;
mais helas ! tandis que je travaillois à
affurer le repos de mes jours , des ennemis fecrets avoient juré d'en altérer
la douceur.

Madame d'*Obricourt* , dont le nom
étoit connu , fut reçue de la marquife
de *Riancé* avec tous les égards qu'on ac-
cordoit alors aux femmes de robe ,
qu'on ne prenoit point , comme aujour-
d'hui , pour des êtres déplacés dans le
grand monde ; éloge plus flatteur que
les prévenances que l'on accorde aux
Caillettes , & qui humilie celles qui en
font dignes , parce que la corruption du
fiecle eft telle , que le fexe eft convenu
de préférer des ridicules impofants à la
vertu modefte.

Madame de *Riancé* n'étoit plus d'un
âge à plaire , & cependant elle plaifoit:
les reftes d'une figure charmante , beau-

coup d'efprit , une célébrité galante ,
& un nom fameux dans l'état , lui at-
tiroient encore des adorateurs : fon mari
facile vivoit à la campagne chez une
fille de fpectacle qui le ruinoit avec
économie. La marquife avoit le goût
de fon âge ; prévenue pour tous les
jeunes gens, elle fe décidoit au premier
coup d'œil , & fe troublant fur les mouvements d'un cœur trop actif , elle
croyoit réfifter à une paffion qu'elle
s'efforçoit elle-même d'infpirer ; facile
en voulant être prude , elle reffembloit
à ces femmes qui , furprife de tomber fi
fréquemment, s'excufent fur leurs chûtes,
en difant qu'elles croient *qu'on leur a
donné un fort* : propos rebattu qui ne
prend pas même dans la bourgeoifie. Le
vicomte de *Sanville* étoit un de ces mor-
tels heureux qui avoit charmé la marquife, & qui l'auroit peut-être aimé ,
s'il avoit fait des impreffions moins vives
fur mon ame ; *Sanville* uniffoit aux agréments de fon ame toutes les vertus
qu'une femme prudente peut defirer
dans un amant , c'étoit un fage fous les
traits de l'amour : mon cœur vainement
combattu ne put réfifter au vicomte ;
maître de mes fentiments, avant même

qu'il l'eût defiré , il fembloit me regarder avec une indifférence qui augmen-
toit mon trouble & ma paffion : vingt
fois j'aurois voulu lui ouvrir mon ame ,
& vingt fois mon époux & mon devoir
rendoient , en m'arrêtant , le vicomte
plus aimable à mes yeux.

La marquife , qui avoit une loge
retenue aux François, nous mena au fpectacle. On donnoit ce jour-là une tragédie nouvelle, dont le titre m'eft échappé ; je fais feulement que c'eft une piece
imitée de l'illuftre Racine. La cabale ,
toujours outrée dans fa critique , crut
trouver , dans le choix du fujet , une
ample matiere à l'exercice d'un métier
odieux. Sans vouloir convenir des beautés réelles qui étoient répandues dans
cet ouvrage , on refufa d'applaudir à des
vers que les grands maîtres du fiecle
n'auroient pas défavoués. On fut jufqu'à
reprocher à l'auteur fon peu de génie ,
en l'accablant d'un tas de peties lettres
clandeftines qui n'ont jamais obtenu l'eftime des honnêtes gens , lors même
qu'elle font bien faites : pour moi plus
indulgente , je foutins que fes talents
mieux accueillis pourroient un jour lui

faire honneur : j'ignore fi ma prédic-
tion a été remplie.

Le vicomte qui répondoit machina-
lement aux agaceries de la marquife,
fembloit moins indifférent qu'il ne l'avoit
été à la maifon ; & fes yeux furpris vingt
fois fur les miens, me firent juger que
nos cœurs alloient être d'intelligence ;
la crainte que Madame de *Riancé* ne s'en
apperçut, m'agitoit un peu ; mais l'a-
mour naiffant qui fe plaît dans les alar-
mes, rioit de fes propres terreurs. Nous
foupâmes chez la marquife, qui retint
Sanville que nous voulions reconduire ;
le comte que je n'avois pas vu depuis
trois jours, lifoit dans mon appartement ; furprife de le voir, je lui demandai quelle bonne fortune me l'amenoit :
en doutez vous, me dit-il, en affectant
un ton tendre ? l'amour feul me conduit
ici : je vous aime véritablement, & vous
en ferez convaincue par le facrifice que
je vais vous faire ; j'adore *la Lecouvreur*,
cette actrice célebre, qui fait l'admiration de l'Europe m'*idolâtre* ; je l'ai prife
il y a quatre jours, & je la quitte aujourd'hui, elle en mourra demain ;
Paris m'imputera en vain la mort d'une
comédienne, que les graces de *Zencide*,

& les emportements d'*Ariane*, ne remplaceront jamais : mon excufe eft dans vos yeux, & je braverai toute la terre fous de tels aufpices. J'ignorois, répondis je froidement, que le facrifice que vous voulez me faire fut d'une fi grande importance, & j'avois cru jufqu'ici qu'il y avoit des efpeces de femmes, qui ne pouvoient plus être facrifiées pour l'avoir trop été. *La Lecouvreur* a des talents que j'admire, je conçois même qu'à votre âge on peut fe laiffer féduire par une actrice aimable ; mais on doit cacher un goût qui eft avili (1) ; un ridicule ceffe de l'être dès qu'il eft ignoré. Vous voyez que vous vous manquez effentiellement, en affichant une paffion que la décence profcrit ; mais c'eft me manquer encore plus, que de vouloir me faire partager une faute qui vous humi-

_____

(1) Les temps varient, & chaque fiecle a fes ufages ; ce qui étoit capable de perdre un honnête homme il y a quarante ans, l'illuftre aujourd'hui ; un feigneur prend une fille de fpectacle qui le ruine & qui le hait, dans la feule vue de fe faire un nom. On a une maîtreffe, uniquement pour que le public le fache ; les actrices font des affiches publiques qui annoncent l'état de la fortune des particuliers.

N 4

lie. Que penfera t-on de vous à la cour,
quand on faura que, livré au char d'une
comédienne, vous vous donnez pour
rivaux. . . .? Je m'arrête ; votre air conf-
terné me répond de vos fentiments, &
je ne veux point profiter de mes avantages, en vous reprochant une conduite
que vous femblez défavouer. *Courmont*
répandit des larmes ; moment heureux !
fembliez vous m'annoncer le plus grand
des malheurs ? livrée aux careffes de
mon époux, je ne pus perdre de vue le
vicomte : fon image préfente fans ceffe
à mes yeux, ajoutoit au fupplice de mon
cœur ; que faire dans une pofition auffi
perplexe ? Mes confeils avoient déterminé Madame d'*Obricourt* à ne plus voir
Pervaux, quoique *Sanville* fût auffi eftimable que l'autre l'étoit peu ; je penfois
trouver dans le cœur de cette amie des
armes contre moi-même, c'eft dans
cette idée que je pris le parti de lui
écrire un billet, dont voici les termes :

*Préparez-vous, ma chere préfidente, à
combattre un penchant dangereux, qui
deviendroit l'opprobre de mes jours, fi
j'ofois m'y arréter ; j'aime le vicomte de
Sanville, & je crois que les vœux de*

mon cœur n'ont fait que prévenir les siens : il m'aime ou je m'abuse! mais quoi qu'il puisse être , c'est à vos conseils à réprimer une ardeur criminelle , l'amitié doit nous sauver des dangers de l'amour. Adieu.

Ce billet étoit à peine parti, que je reçus une lettre de Madame d'*Obricourt*; quel fut mon étonnement d'y lire ce qui suit !

C'est dans le sein de l'amitié que je veux déposer les secrets de l'amour ; vos sages avis m'ont fait triompher d'une passion qui me déshonoroit ; n'en parlons plus je déteste Pervaux autant que j'aime Sanville; le mot est lâché , & je ne rougis pas d'un goût dont je n'ai point de suites funestes à craindre. Je pense avoir assez pénétré les sentiments du vicomte pour croire qu'il m'aime , si ce n'est point une illusion , ma chere comtesse , venez me vanter mon bonheur , & applaudir à des feux qui seroient purs , si la vertu pouvoit les avouer. Bon jour.

Il faut connoître , la vertu , l'amour & l'amitié pour sentir à quel excès de douleur la lettre de la présidente me livra ; inquiete pour moi, alarmée pour

N 5

elle-même, la crainte & le défefpoir
entroient tour-à-tour dans mon ame.
Quand je confrontois le billet de Madame d'*Obricourt* avec celui que je venois de lui écrire, je trouvois une rivale
dans une amie, & la préfidente, redou-
table à mes yeux fembloit me percer le
cœur, en m'arrachant un homme que
je voulois fuir il y avoit un quart-d'heure,
& qui ne me devenoit cher que par des
fentiments de jaloufie. Revenue de ces
premieres idées, je m'occupai de la réponfe que je ferois à la préfidente; mais
fa pofition qui avoit fans doute été égale
à la mienne, ne lui ayant pas permis de
me répondre, je fuivis fon exemple, &
je renvoyai fon laquais.

Incertaine fur le parti que j'avois à
prendre l'après midi, je voulus refter
chez-moi; mais quand je penfois que la
préfidente jouiroit fans crainte du plaifir
de voir le vicomte, je changeois cette
réfolution, & prête à lui difputer fa
conquête, mon devoir me retenoit;
cette perplexité étoit trop cruelle pour
que j'y reftaffe plus long temps; j'en-
voyai un de mes gens à l'hôtel d'*Obricourt*, & on me rapporta que la préfidente venoit de fortir avec le vicomte.

A cette nouvelle fatale la fureur dont j'avois jufqu'ici ignoré les mouvements, fe fit connoître dans mon cœur ; Madame d'*Obricourt* me parut une femme odieufe, qui ne s'étoit mafqué jufqu'ici que pour me tromper mieux ; & me livrant contre elle à des mouvements impétueux, j'aurois voulu l'immoler dans les bras même du vicomte ; tantôt tournant ma rage contre *Sanville*, je m'efforçois de me le repréfenter comme un monftre odieux ; mais plus je voulois le haïr, plus fon mérite prenant le deffus, forçoit mon cœur à lui céder, & ma colere faifoit bien mieux fon éloge qu'un état tranquille ; j'ordonnai qu'on mît mes chevaux, & qu'on me menât chez la marquife de *Riancé*, que je trouvai feule occupée à faire un piquet avec d'*Amerville*. Mon trouble n'échappa point au duc, me croyant peu fufceptible des fentiments qui me dévoroient, il l'attribua aux chagrins qu'il penfa que *Courmont* me caufoit ; la marquife qui étoit femme, jugeoit toutes fes amies à la rigueur, elle foupçonna que l'amour avoit part à mon trouble, & la crainte qu'elle avoit que je ne lui enlevaffe fa conquête, lui perfuada que le vicomte

étoit l'objet de mes inquiétudes. Le nom
de *Sanville* qui lui échappa vingt fois,
me fit rougir, & elle s'en apperçut; la
crainte d'être troublée me jetoit dans
une fituation embarraffante qui me rendoit la femme du monde la plus gauche.
Plus j'affectois d'être tranquille, moins
je le paroiffois; inquiete & déconcertée,
je faifois à d'*Amerville* cent queftions ridicules fur fon jeu. La marquife, auffi
émue que moi, fourioit malignement,
en me reprochant des diftractions, dont
elle m'annonça qu'elle pénétroit la caufe.
Le duc interdit de ma fituation effayoit
de me remettre; & il alloit y réuffir,
quand le chevalier de *Pervaux* entra
avec Madame *Quetel* à qui il donnoit la
main. Plus troublée de la vue de ces deux
perfonnages, que des mouvements fecrets de mon cœur, je voulus fortir,
mais le *duc* me retint, & me fit effuyer
l'ennui de la converfation la plus impudente. Eh bien, dit le *chevalier*, en fe
jetant fur un fauteuil, le pauvre *vicomte*
eft donc mort? quoi mort! s'écria la
marquife effrayée, autant vaut, répondit *Pervaux*, puifqu'il aime Madame
d'*Obricourt*, & qu'il n'en rougit point;
ce propos me paffe, repartit d'*Amerville*,

la préfidente n'eft-elle pas votre amie ?
Comme cela, reprit le *chevalier*, mais
pas affez pour que je me taife. Eh, où
avez-vous appris cette paffion nouvelle dont vous nous parlez ici, repartit
la *marquife* ? où Madame, répondit le
chevalier ? à l'*opéra*, exactement où ce
couple heureux eft actuellement en
bonne fortune dans une des troifiemes ;
vingt lorgnettes fixées fur eux, leur
annoncent la furprife de tout *Paris*, mais
le vicomte tranquille, oublie les bontés
que des femmes du premier mérite ont
eues pour lui, & ne voit que fa refpectable préfidente d'*Obricourt* : fi j'en crois
Madame *Quetel* qui le connoît exceffive-
ment, il verra cela fans étonnement :
mais le public qui n'aime point à voir
perpétuer les foibleffes d'une femme
qui ne devroit plus avoir que des arrangements de convenance, va médire à fon
aife ; je fortois à peine du théâtre Ita-
lien, où les plaifanteries ont commencé,
que volant aux foyers des François, j'ai
entendu un nouveau *perfifflage*, qui dé-
monta le pauvre vicomte, & feroit
mourir la préfidente, fi elle n'étoit pas
éternelle : le vicomte eft aimable, reprit
la pefante Madame *Quetel*, mais s'il

vouloit faire une infidélité, il devoit
mieux choisir. Des femmes plus jeunes
& plus jolies que la *présidente* l'auroient
occupé avec plaisir : Madame de *Cour-*
mont ne pense-t elle pas comme moi ?
Non, Madame lui répondis je séche-
ment, une femme vertueuse n'a point
de passion de la nature de celles dont
vous parlez : vous traitez fort mal ces
deux dames, repartit impudemment le
chevalier, si vous faites consister la vertu
à n'aimer qu'un triste mari ou ce qui
revient au même à n'aimer rien : je vous
croirai, puisque vous l'exigez, la seule
femme respectable du royaume, je suis
même sûr que la marquise parieroit pour
moi, si je disois du monde entier : ma
réputation, repris-je, qui ne dépend
que de mes actions, ne sera jamais flétrie
par des propos indécents : je crois toutes
les femmes soumises à leurs devoirs, &
je n'en excuse aucune : il en est de fort
vertueuses, qui peuvent avoir une foiblesse : mais rentrées dans leurs devoirs
au moment même qu'elles ont pris la
résolution d'en sortir, elles ne font que
plus estimables : il en est aussi, & je le
dis à regret, qui, livrées sans honte à
un penchant criminel, ne comptent

leur bonheur que par la lifte de leurs amants : accoutumées à facrifier la décence au plaifir : le fentiment les gêne, & un amant délicat les fatigue. Vous convenez qu'il eft de ces femmes, répondit le chevalier en fixant Madame *Quetel* : je conviendrai feulement, reprit-elle, qu'une converfation morale m'excede, & que les réflexions ne vont qu'à une femme de cinquante ans : elle eft finguliere, répondit *Pervaux*, en déclamant contre les réflexions : elle veut nous prouver qu'elle tombe dans ce ridicule ; car enfin, je me pique d'avoir une mémoire. . . . très ingrate, reprit Madame *Quetel*. Mais fur-tout, chevalier, rien qui ait l'air d'une épigramme contre fes amies : c'eft pour vous obéir, que je ne dis pas que vous êtes extrêmement fenfée, repartit *Pervaux*, je vous aime d'ailleurs prodigieufement, & vous le favez : vous ne devez l'eftime que j'ai pour vous, repartit Madame *Quetel* : qu'a la bonté de votre caractere : doux & indulgent, vous n'êtes ni médifant ni cauftique, & c'eft par-là que vous me plaifez : il eft vrai, reprit *Pervaux*, que je hais la fatire, & que je me fuis fait dans tous les temps un devoir de respecter l'univers : on s'en apperçoit, dit la marquise, & je trouve l'estime de Madame, placée on ne peut pas mieux. Le duc, ennuyé d'une conversation où le bon sens & la vertu souffroient également, proposa une partie de jeu : on alloit se placer : quand on annonça la *présidente* & le *vicomte* : je rougis en entendant prononcer leurs noms. Le chevalier s'en apperçut, & il alloit se disposer à m'en faire une mauvaise plaisanterie, si je ne lui eusse imposé silence par un regard où le mépris étoit peint.

Madame d'*Obricourt* vint m'embrasser en me faisant des reproches de ce que j'étois sortie sans elle ; le vicomte, les yeux fixés sur moi, dit beaucoup de mal sur l'opéra, langage rebattu sur le genre lyrique, que j'attribuai plus à l'ennui général qu'à des sentiments particuliers ; *Perveux* qu'on agaçoit devint modeste ; ce qui étonnera, c'est qu'il ne fut que plus fat : le vicomte sur lequel il s'étoit avisé de parler jadis, lui avoit imposé silence d'une façon assez disgracieuse, & le brave *Perveux* étoit tranquille, au moins quand il étoit sous les yeux d'un homme qu'il devoit respecter. Contrainte de même trêve à sur persiflage, il s'approcha de moi , & il essaya de me dire des choses tendres que je reçus avec dédain. Madame Quetel qui ne craignoit personne le badina sur son ton , & je les méprisai tous les deux.

La marquise qui regardoit Sanville avec indignation , proposa d'aller aux tuileries ; nous montames en carosse : à peine eûmes nous passé le quai , que nous nous ressouvinmes que cette promenade n'étoit point celle du jour ; nous passames au cours : ennuyés de n'y voir personne, le vicomte nous engagea d'aller à Auteuil , sous le prétexte de voir quelques embellissements qu'il venoit de faire dans sa petite maison. Pervaux & madame Quetel , que Sanville avoit invités avec l'air froid qu'on prend pour ne pas obtenir ce qu'on demande , refusoient , sous le prétexte qu'ils alloient souper à Vaugirard , dans la petite maison de mon mari, que je ne connoissois point : ce couple odieux nous quitta,& le calme rentra dans la société. On a beau dire que les méchants ne sont pas à craindre , victime de leurs traits , j'ai toujours eu lieu de les redouter ; le mépris dont la voix publique les charge , peut les humilier, mais il ne les corrige pas ; & fi leur noirceur ne porte pas atteinte à notre réputation , elle trouble du moins le repos de notre vie. Dégagée du foin de m'obferver devant des gens que je craignois, je n'en eus d'autres que de tâcher de démêler les fentiments de la préfidente & du vicomte: les regards de Sanville toujours attachés fur les miens, fembloient m'affurer que je l'avois rendu fenfible , & l'air ferein de madame d'Obricourt qui me fixoit en fouriant , vouloit me dire que , maîtreffe d'elle-même elle me cédoit l'objet de fes vœux : arrivé à Auteuil nous trouvâmes un fouper fin que le vicomte avoit fait préparer dans fa petite maifon; occupé à donner des ordres , nous faisîmes l'inftant que d'Amerville fe promenoit dans le parc avec madame de Riancé , pour nous entretenir la préfidente & moi : eh bien , me dit en foupirant madame d'Obricourt , qu'allez-vous penfer d'une amie qui devient votre rivale ? Depuis ce matin j'ai fait tous mes efforts pour dompter une paffion qui m'allarme ; mais toute à l'aimable Sanville , j'ai ofé oublier que vous m'étiez chere pour ne penfer qu'à lui ;

... ... je ? l'idolâtre, ... pour lui n'a servi qu'à aug- ... ... qu'il aimât d'ascendre... ... ... veut qui me perçoit le cœur, ... éprouver son goût, & je ... ... ader que, pouvant con- ... ... indifcrets, j'avois re- ... ... amme dont les fuites m'a- ... ... effrayé : le ton avec lequel je me défendis, ne fit pas illufion à la préfi- dente : elle s'apperçut que j'aimois le vicomte, mais affez adroite pour per- fuader qu'elle me croyoit, elle fe jeta à mon cou, en me jurant que rien ne manquoit au bonheur de ma vie, puif- que fans déplaire à l'amitié, elle pou- voit aimer le vicomte. Sanville nous re- joignit après cette confidence, & nous nous promenâmes tous les trois, juf- qu'à ce que le maître d'hôtel annonçât qu'on étoit fervi ; le vicomte, en me donnant la main pour defcendre de la terraffe, me laiffa un billet que je lus dans l'antichambre : c'étoit une décla- ration tendre qui confirmoit mes pre- miere idées, tranquilles alors fans affec- tation, j'eus un plaifir fecret de l'erreur dans laquelle la préfidente étoit : une feule réflexion venoit m'alarmer : le vicomte , me difois-je , eft peut-être un fourbe qui trompe la marquife, la préfidente & moi ; ce fentiment injufte ne tenoit point encore mon cœur , ou pour mieux dire encore contre le caractere de Sanville , incapable d'abufer une femme , il m'aimoit puifqu'il me l'avoit dit.

On n'étoit pas encore à table qu'un laquais demanda fi M. *de la Turmelle* pouvoit entrer : très-volontiers , fi ces dames le trouvent bon , répondit le vicomte , l'homme qu'on nous annonce eft un bel efprit qui nous amufera peut-être. Ah , je connois fort la *Turmelle* , repartit le duc , c'eft un auteur très-agréable quand il a bien digéré. Le poëte entra avec l'air aifé d'un homme de bonne compagnie , il embraffa le vicomte qui s'éloigna en vain , & prit la main du duc qui ne la lui préfenta pas.

Affis près de madame de *Riancé* , il lui dit avec un air diftrait , de fort jolies chofes , & mangeant avec attention , il laiffa pendant une heure un champ libre à la compagnie. D'Amerville qui connoiffoit le poëte , voulut s'en divertir , & pour le faire fans l'offenfer , il mit adroi-

tement la conversation sur le théatre.
Cet instant fut saisi de la part du poëte
avec un enthousiasme qui ne contribua
pas peu à nous procurer l'amusement
que le duc avoit imaginé.

La Turmelle nous demanda la permission de lire le premier acte de sa tragédie intitulée *le Débordement du Nil*,
que l'auteur utile & laborieux des *Tablettes dramatiques* a oublié d'insérer.
Voyez *Beauchamps*, édition de *Venise*,
1724.

Cette pièce commence par un mono-
logue fort intéressant, où le Nil apos-
trophant les digues qui l'environnent,
veut forcer son lit pour aller inonder l'armée du *vieux la Montagne*, qui couvroit
la montagne de *Damiette*. Je n'ai retenu
de cette tirade ingénieuse qu'un seul
vers, dont la vérité & l'harmonie m'ont
frappé.

Digues qui m'enfermez, fendez-vous à mes cris.

Après la lecture de cet acte, qui nous
amusa autant qu'une tragédie moderne,
nous reprimes le chemin de Paris où
nous arrivames à une heure.

D'Amerville me remit chez moi, je

penfai que le comte, qui n'étoit point
rentré, coucheroit dans fa petite maifon, & je me retirai dans mon appartement, où le vicomte, toujours préfent à mon efprit, me tint occupé jufqu'à l'inftant que mes fens appéfantis fe
plongerent dans un repos tranquille.
Heureufe fecurité! devois-tu m'annoncer
le moment le plus affreux de ma vie!

Je dormois depuis une heure, quand
le comte entra dans ma chambre, le
bruit de mes rideaux tirés avec violence
m'éveilla en furfaut ? mais que vis-je ?
mon mari, les yeux éteincelants de colere m'ordonna de me lever ; je vous
obéirai, lui dis-je, mais calmez au
moins mes allarmes, en apprenant d'où
peut naître le couroux qui éclate dans
vos regards ; une perte confidérable vous
oblige-t-elle à fuir ; ou forcé de quitter
Paris, allez-vous chercher fous un autre
ciel le repos que vous ne connoiffez pas
ici ? Non, madame, vous feule trou-
blez la tranquilité de mes jours, & c'eft
à vous feule à expier vos fautes ; je refte
& vous partez... Ah ciel ! lui dis-je en
l'interrompant, quelle faute ai-je donc
commife, parlez & apprenez-moi mon
crime ; vous le connoiffez, ingrate,

reprit *Courmont* ; & je voudrois qu'en-
feveli avec une époufe perfide, elle me
cachât ma honte & mes ennuis ; plus de
propos ; un fiacre vous attend à la porte
de cet hôtel ; habillez-vous & fuyez
pour toujours un mari que vous avez
déshonoré. Immobile à ce difcours, je
tombai évanouie : le comte appella *Ber-*
non, & tous les deux me rappelloient à
la vie : hélas ! que ne me laiffoient-ils
plutôt périr dans ma foibleffe ! pitié
cruelle que tu vas me caufer de larmes !
mes yeux rendus à la lumiere fe jetoient
fur mon époux, mais le cruel infenfible
à mes prieres ne vouloit jamais m'apprendre le motif de fes plaintes. *Bernon*,
qui m'habilla, eut ordre de me fuivre,
Prête à quitter le comte, je me jetai
à fes genoux, que je baignai de mes
pleurs : cette démarche humiliante
n'eut pas fon cœur, & livré à fa feule
fureur, il eut la barbarie de me refufer
d'embraffer mon fils, qui depuis deux
mois, étoit arrivé de *Dijon* ; inquiete
& tremblante je traverfai la cour de
l'hôtel, efcortée par quatre hommes
armés, qui me jeterent avec dureté dans
un fiacre où *Bernon* monta ; où fuis je,
jufte ciel, m'écriai je ? où me con-

duit-on? clameur inutile! la dureté de
mon mari avoit paffé dans l'ame de mes
conducteurs ; & ces barbares me refu-
foient jufqu'à la liberté de me plaindre.

Fin de la premiere partie.

MEMOIRES

www.ingramcontent.com/pod-product-compliance
Lightning Source LLC
Chambersburg PA
CBHW072108020726
47501CB00003B/754